Marion Wiesler

Die Wortflechterin

Das Dorf des Einsiedlers
Kurzband

©2024 Marion Wiesler
8182 Puch bei Weiz
www.marionwiesler.at

Covergestaltung: Veronika Tanton
veronikatanton.com

Herstellung und Verlag:
BoD – Books on Demand, Norderstedt

ISBN 9783758369469

Ich bin Arduinna, die Wortflechterin.
Geboren von Seelen, die niemand kennt,
Gefunden im Wald unterm Ulmenbaum.
Ewig getrieben vom Wandel des Monds,
Vom Maistir verflucht, nie sesshaft zu sein.
Die Bäume des Waldes sind mir ein Dach,
Die Früchte der Erde mein Brot,
Begleitet von Wesen der Luft und der Nacht
Durchquere ich Täler, Berge und Seen.
Träumend von ihm, dessen Ruf ohne Klang,
Dessen Sein ohne Bild, das Ende des Fluchs.
Ich folge den Göttern, den Menschen zu dienen,
Sie zu erfreuen, doch mir zur Einsamkeit.
Ich bin Arduinna, die Wortflechterin.

marionwiesler.at

Kapitel 1

Der achte Winter des Fluches

Schön hatten die Berge ausgesehen, als ich ihnen nahe kam. Wie so vieles, wenn man es nur aus der Ferne betrachtete. Ich fluchte. Es gab keinen Weg hier, nur Felsen und Steine. Und Schnee. Eisigen Schnee, der durch den Regen rutschig wurde. Doch dies war die Richtung gewesen, die mir die Götter am Morgen gewiesen hatten. Weiter hinauf. Dorthin, wo es keine Bäume mehr gab, keinen Schutz oder Unterschlupf. Ich hasste die Götter. Ich hasste den Regen, den Schnee und die Kälte. Und ich hasste den Fluch, der mich zwang, seit bald mehr als zwei-mal-vier Jahren unterwegs zu sein.

Cú trottete mit gesenktem Kopf neben mir, Wasser lief sein struppiges Fell hinab. Rannte der Hund sonst immer ein Stück voraus, um den Weg zu erkunden, an diesem Morgen hielt er sich nahe bei seiner Herrin. Ebenso wie die Rabin Branna, die mit eingezogenem Kopf auf meiner Schulter saß und beleidigt krächzte, wenn meine Füße den Halt verloren und ich mich ruckartig mit meinem Haselstab abstützen musste.

Mehr als einmal war ich versucht zu sagen: »Dann flieg doch!« Aber selbst dazu fehlte mir die Kraft, all meine Aufmerksamkeit musste ich auf das Weiterkommen legen.

Der Tag hatte sich noch nicht seiner Mitte zugehoben und bereits jetzt machte ich mir Sorgen, wo wir heute Nacht schlafen sollten. Noch nie war ich so hoch in den Bergen gewesen, dass es keine Bäume mehr gab, unter denen man Schutz fand. Kein Holz, mit dem ich ein Feuer machen könnte, um mich zu wärmen. Die Anstrengung trieb mir den Schweiß ins Gesicht, das Wetter ein Frösteln über den ganzen Körper. Ich trug alles, was ich an Gewand besaß. Stiefel, die ich aus Hasenfell genäht hatte – nicht besonders schön, aber immerhin warm. Nadelgebundene Fußlinge, die mir eine Bäuerin für eine Geschichte geschenkt hatte. Unter meiner Camisia und dem Peplos meine Braccae und darüber die Braccae des toten Mannes, über den ich vor ein paar Tagen weiter unten im Wald gestolpert war. Noch immer haftete den Beinkleidern schwach der Geruch der beginnenden Verwesung an, aber die Wärme der dick gewebten Wolle war ein Segen. Über all dem dann noch mein Umhang, den ich mir im Laufe des Winters aus den Fellen erlegter Tiere genäht hatte und der nun regengetränkt immer schwerer wurde. Sogar eine Haube aus Leder und gefilzte, wenn auch löchrige Handstrümpfe aus Wolle hatte der Tote besessen. Beides leistete nun mir gute Dienste. Ich dachte oft an den Toten. Alt war er gewesen, mager und faltig. Ich fragte mich, ob er wohl im Winter erfroren war und nun, wo weiter talwärts der Frühling begann, langsam auftaute. Erstaunlich wenig Tiere hatten ihn bis jetzt angenagt.

Ich riss meine Gedanken wieder zu den Steinen, die rutschig unter dem vereisten Schnee zu meinen Füßen lagen.

Die kalten Monde waren selbst weiter unten im Tal eine Herausforderung, doch zumindest hatte ich immer genügend Holz für ein wärmendes Feuer und oft auch eine Höhle gefunden. Es war der härteste Winter, den ich je erlebt hatte. Oft war ich tagelang im eisigen Schlechtwetter festgesessen und hatte mich von Moosen, Flechten und Rinden ernährt. Hatte meinen Unterstand mit Schnee abgedichtet und mein Ende kommen sehen. In meiner Heimat gab es so gut wie nie solch eisige Kälte und auf all den Jahren meiner Wanderschaft war ich fast immer in der Nähe des Meeres gewesen, wo es selten so kalt wurde. Mit Sehnsucht dachte ich an den Winter, den ich ganz im Süden verbracht hatte, in jenem Gebiet, das nun den Römern gehörte und das sie Gallia Transalpina nannten.

Herrlich warm war es dort selbst nach der Wintersonnwend gewesen. Gewiss, ich hatte dort schlimme Dinge gesehen, aber im Augenblick würde ich jede Gemeinheit der Römer gerne gegen diese schneidende Kälte eintauschen. Ich sehnte mich nach der Heimat meiner Kindheit zurück wie noch nie. Ich sollte nun die Geschichten der Gallier den Silurern vortragen, um dieses Wissen am Leben zu erhalten, sollte mich darin üben, Lieder über die Barden und Druiden zu formen, die der Macht der Römer zu Opfer gefallen waren, nicht hier in den hohen Bergen durch Eis und Schnee stapfen auf der Suche nach einem Ziel, das die Götter jeden Morgen vor meiner Nase baumeln ließen wie der Bauer eine Rübe vor dem störrischen Gaul.

Wenn mein Maistir Tegid gewusst hätte, dass jene Reise zu den Carnuten sein Tod war, wenn er geahnt hätte, was weiter mit seinem Schützling geschah, hätte er wohl den Weg über das schmale Meer angetreten? Ja, hätte er, dachte ich bitter, während ich mir den Regen aus dem Gesicht wischte und den Umhang enger um die Schultern zog. Er hatte damals die Götter durch den Druiden befragen lassen und die Götter hatten uns losgeschickt. Und die Götter schickten mich nun jeden Morgen auf meinen Weg, und diesen Winter eben hier in die lebensfeindlichen Berge. Es hatte keinen Sinn, darüber zu jammern. Nun war ich hier und sich darüber zu beklagen, machte es nicht besser.

Cú winselte leicht, sah mich mit einem beleidigten Blick an.

»Ja, ich weiß«, sagte ich. »Wir haben schon weitaus Schöneres erlebt …«

Und vielleicht würden wir bald nichts mehr erleben. Wenn es nicht bald wieder bergab ging, in wärmere oder zumindest baumreichere Gebiete, dann würden wir wohl noch vor dem nächsten Sonnenaufgang erfrieren. Selbst Cú konnte mich nicht so sehr wärmen, dass wir ohne Feuer, völlig durchnässt, eine Nacht durchhielten.

Ich zwang mich zu einem Lächeln, Regentropfen rutschten von meiner Nase hinab.

»Wir sollten den Göttern wohl danken, Cú, dass sie uns nicht schon im strengsten Winter hier herauf geschickt haben.«

Der Hund senkte seinen Kopf wieder und trottete weiter. Branna auf meiner Schulter schüttelte sich in einem verzweifelten Versuch, den Regen loszuwerden. Feine Wassertropfen flogen in meine Augen.

»Schööön«, krächzte die Rabin und ich fragte mich, ob der Vogel wie so oft einfach Worte wiederholte oder vielleicht doch ein Gefühl für Neckerei hatte.

Wir fanden einen schmalen Überhang, einen Fels, der uns ein wenig Schutz vor dem Wetter bot. Ich presste mich auf das Fleckchen trockenen Boden, ich konnte gerade aufrecht sitzen. Cú und Branna ließen sich neben mir nieder und wir teilten ein wenig von meinen Vorräten. Es war einen Viertelmond her, dass wir das letzte Mal lebenden Menschen begegnet waren und Brot und schrumpelige Äpfel für eine Geschichte erhalten hatten. Davon war so gut wie nichts mehr übrig, obwohl ich diese Köstlichkeiten äußerst sparsam eingeteilt hatte. Dafür hatte ich noch etwas von dem weißen Hasen, den wir tags zuvor erjagt hatten. Ich hatte ihn am Abend über einem kargen Feuer gebraten, viel Holz hatte ich nicht gefunden. Er war ein wenig zäh geworden und auch nicht mehr der Jüngste gewesen. Aber es war wohl alles, was wir heute zu essen hatten, denn bei dem eisigen Regen war an Jagd nicht zu denken.

Branna quetschte sich auf meinen Schoß, nutzte meine verschränkte Beine wie ein Nest. Ja, wir waren alle müde. Müde, nass und kalt. Ich suchte in meinem großen Ziegenfellbeutel, ob sich nicht vielleicht doch noch ein weiteres Stück Tuch darin befand, das trocken und wärmend war, obwohl mir der Inhalt des Beutels so vertraut war wie meine Hände. Alles darin war feucht und klamm, selbst das Ziegenfell konnte den tagelangen Regen nicht völlig abhalten, überall drang die Nässe durch jede Naht ein. Auch die Rehhaut, die ich mit einem langen Seil zur Rolle gebunden hatte und nachts als Unterlage nutzte, war nass.

Ich seufzte.

Wie groß war die Versuchung, ein wenig zu schlafen. Aber es würde nicht lange dauern, bis ich in meiner durchnässten Kleidung zitternd aufwachte.

Und wenn ich nicht mehr erwachte? Wenn die Götter mich hier in diese unwirtliche Gegend geschickt hatten, um meinem Leben ein Ende zu bereiten? *Bis zum Tod oder einem Zeichen der Götter*, würde mein Fluch dauern, hatte Morfran damals verfügt. Aber hatte ich mich denn nicht an alles gehalten, was das *cynnedyf* von mir verlangte? Nie war ich länger als einen halben Mond an einem Ort geblieben. Nicht, seit ich erlebt hatte, was geschah, wenn ich dieses Gebot missachtete. Ich hoffte nur, dass Morfran, der damals das *cynnedyf* über mich gesprochen hatte, unter seinen Folgen ebenso zu leiden hatte wie ich, wie es bei einem Fluch geschah. Und fragte ich nicht Tag für Tag die Götter, wohin ich gehen sollte? War das den Göttern vielleicht inzwischen lästig geworden?

Die Augen fielen mir zu. Ich könnte doch einfach hier bleiben. Alleine. Niemandem geschähe ein Leid, wenn ich den halben Mond überschritt. Ein Glucksen wanderte meine Kehle hinauf. Es würde keinen halben Mond brauchen, ehe ich erfroren oder verhungert war.

Ich fühlte Cús nasse Schnauze, die sich auf meinen Oberschenkel legte. Ohne ihn und Branna hätte ich längst aufgegeben. Wäre ich längst tot. Verdammtes *cynnedyf*. Ich wollte einfach nur noch, dass es ein Ende hatte. Zwei-mal-vier Jahre waren genug. Ich hatte jedes Gefühl für Zeit hier in den Bergen verloren. War der zwei-mal-vierte Jahrestag des Fluches vielleicht gar schon vorbei? War das Fest des Gleichgewichts zwischen Hell und Dunkel schon vergangen oder noch vor uns? Weit vor uns konnte es nicht mehr sein, auch wenn hier heroben noch tiefster Winter herrschte.

Ich musste eingeschlafen sein, denn ich träumte. Jenen Traum, der mich seit Jahren immer weitergehen ließ. Es war ein bilderloser Traum, nicht mehr als ein Gefühl tief in meinem Herzen und eine Stimme, die keinen wahren Klang hatte, sondern direkt in meinem Kopf wisperte wie der Wind in den Wäldern. Eine Stimme, die mich warm und liebevoll einhüllte wie eine Mutter ihr neugeborenes Kind.

Du wirst mich finden, sagte die Stimme, ohne Worte zu benützen. *Du wirst mich finden, es mag vielleicht noch dauern. Doch ich werde da sein. Dann hat unser Weg ein Ende.*

Ich erwachte, weil Cú mein Gesicht ableckte. Es fiel mir schwer, dem Traum den Rücken zu kehren. Der Regen hatte nachgelassen und war in ein sanftes Nieseln übergegangen. Die Wolkendecke zeigte vereinzelte Risse, ein leichter Wind kam auf.

Ich lächelte müde, streckte mich.

»Ja, wir sollten weitergehen.«

Wie so oft gab der Traum mir Hoffnung und machte mich traurig zugleich. Anfangs, als das *cynnedyf* mich in die Fremde gestoßen hatte, träumte ich oft. Und auch wenn die Stimme in meinem Traum keinen zuordbaren Klang hatte, so war ich mir doch sicher, dass es Loïc war, der mich rief. Ich wischte den Gedanken an sein Gesicht von mir. Die Götter, das Schicksal und mein Maistir Morfran hatten verfügt, dass uns kein gemeinsames Leben beschieden war. Die Träume waren im Lauf der Jahre seltener geworden. Ich war nicht mehr das junge Mädchen, die kaum erwachte Frau, die ich damals gewesen war. Da konnte mein Herz sich noch so sehr nach Loïc sehnen, nach dem tiefen Wissen, dass er und ich von den Göttern für einander bestimmt waren. Ja, das waren wir. Und irgendwann würden wir auch wieder beieinander sein. Vereint.

Seid uns gnädig, ihr Götter …

Es dauerte immer eine Weile, bis ich nach solch einem Traum mein Herz wieder verschlossen hatte, es wie eine Nuss in einer harten Schale in Sicherheit brachte.

Nun war keine Zeit für Träume. Nun galt es, einen Platz für die Nacht zu finden und vielleicht im nachlassenden Regen doch noch etwas zu jagen.

Der Weg wurde leichter zu folgen, ja, es wurde tatsächlich so etwas wie ein Weg. Keiner, den Menschen gingen, eher das Bett eines Bächleins, das sich in unzähligen Sommern hier eingegraben hatte. Und er führte talwärts. Weg von der eisigen Kälte und dem Schnee des Gipfels.

Langsam begann ich wieder meine Zehen in den Fellschuhen zu spüren und meine Finger. Ich atmete die Luft ein, die immer noch kalt und feucht war, aber mit jeder Mannlänge einen Hauch milder zu werden schien.

Branna erhob sich hoch in die Lüfte, als der Regen aufhörte, und Cú lief, wie es seine Gewohnheit war, ein wenig voraus, um gleich darauf wieder zu mir zurückzukehren. Kein Herrscher konnte einen besseren Spähtrupp haben als ich.

Ich fühlte mich beinahe beschwingt, als wir uns immer mehr von dem eisigen Felsenbereich entfernten. Langsam fanden sich zwischen den Felsbrocken wieder Flecken mit Erde und gelblichem Wintergras, plattgedrückt von den wohl erst kürzlich abgetauten Schneemassen. Kleine knorrige Büsche tauchten immer wieder auf, es waren Pflanzen, die mir unbekannt waren. Kahl trotzten sie der unwirtlichen Gegend. Über mir eilten die Wolken grau über den Himmel. Hier und da hörte ich in der Ferne ein Pfeifen, das jedes Mal Cú hoffnungsvoll aufblicken ließ, doch nie erspähte ich das Tier, das die Geräusche machte.

Plötzlich blieb Cú vor mir stehen, die Nase in den Wind gehoben. Seine Nackenhaare richteten sich auf. Branna, die über uns Kreise zog, schien jedoch nichts Auffälliges zu bemerken, sonst wäre die Rabin längst krächzend auf meiner Schulter gelandet.

Ich kniete mich neben meinen Hund. »Was ist es, Cú?«

Vielleicht etwas Essbares … Ohne mich viel zu bewegen, zog ich die Hanfschlinge aus meinem Gürtel und hob einen Stein auf, von denen es hier mehr als genug gab. Ich war geübt mit der Schleuder und selbst mit meinen klammen Fingern standen die Aussichten nicht schlecht, gemeinsam mit der Hilfe meiner Gefährten jedes Tier zu erlegen, das uns begegnete.

Doch Cú senkte seine Schnauze zu Boden, und da sah es auch ich. Kein Wunder, dass Branna oben am Himmel kein verändertes Verhalten zeigte. Da war eine Spur im weichen Boden zwischen zwei Felsbrocken.

Eine menschliche Spur.

Der Größe nach wohl der Fuß eines Mannes.

Mein Blick glitt über die Landschaft. Nachdem es bis vor kurzem geregnet hatte und die Spur nach wie vor zu sehen war, konnte der Fremde noch nicht allzu weit weg sein. Ich wunderte mich, dass Branna ihn nicht sah.

Ein Mensch. Hier, in dieser Einöde. Mein Herz klopfte, doch ich wusste nicht, ob vor Freude oder Angst. Wer befand sich um diese Zeit des Jahres freiwillig in einer Gegend wie dieser? Ich hatte den ganzen Tag kein jagdbares Wild gesehen, es gab auch keine zu fällenden Bäume. Nur jemand wie ich, der der Gegend unkundig und verrückt genug war, dorthin zu gehen, wohin die Götter ihn schickten, verirrte sich hierher. Verirrt – ja, das war der andere wohl auch. Ich erhob mich, sah mich erneut um. Weit lag das Land unter einer dicken Wolkenschicht vor mir. Als wäre ich selbst bei Sonnengott Lug und blicke auf die Welt hinab. Vor lauter Regen war mir noch gar nicht aufgefallen, wie schön die Aussicht war. So fühlte sich also wohl Branna, wenn sie hoch oben am Himmel kreiste. Endlos weit schien das Land, voller Berge und Hügel und keinerlei Siedlung, die ich erspähen konnte. So fern der Menschen war ich wohl noch nie gewesen.

Die Rabin kam zu mir geflogen, krächzte. Also doch. Ich war tatsächlich nicht alleine hier.

Meine Hand schloss sich fester um meinen Haselstab und ich folgte der Richtung, die die Rabin mir vorgab.

Kapitel 2

Die Fremde

Latobio fluchte. Verfurzter Regen. Verfurzte Ziege. Er war dem Vieh gefolgt, das sich von seinem Pflock losgerissen hatte. Schließlich konnte er es sich nicht leisten, eine seiner beiden Ziegen zu verlieren. Geschickt waren sie ja immer, wenn es darum ging, auszubüxen. Hätte wenigstens warten können, bis das Wetter besser war, dummes Vieh. Das hatte sie jetzt davon, war in die Schlucht gerutscht.

Und er hinterher. Da saß er nun, hielt die meckernde Ziege an ihren Hörnern fest, dass sie nicht noch weiter abrutschte. Er fand kaum Halt auf den Steinen, die den abschüssigen Untergrund bedeckten. Hatte die Ziege denn nicht bemerkt, dass hier im Winter ein Felsrutsch gewesen war? Er hatte keine Ahnung, wie er wieder den steilen Hang hinauf käme, mit der Ziege. Seine Hände waren blutig, aufgeschürft vom Sturz. Der Geruch machte die Ziege noch unruhiger und sie wand sich in seinem Griff.

»Kopfkrankes Vieh!«, rief er. »Willst etwa ganz abstürzen?« Eines ihrer Hörner verfing sich in seinem struppigen Bart. Er kämpfte, sich zu befreien, drohte, noch weiter hinabzurutschen. Es war ein weiter Weg die Schlucht hinab, bis ein paar Bäume sie bremsen würden.

Plötzlich hörte er jemanden rufen. Seit er im Herbst sein Dorf verlassen hatte, hatte er keine menschliche Stimme mehr gehört, und er war überzeugt, sich zu täuschen. Doch dann hörte er es erneut. Und dazu das Gebell eines Hundes. Schwalbenfurz! Die Göttin der Jagd mit ihrem Gefolge war wohl gekommen, ihn zu holen.

Er hob den Kopf, soweit es die bockende Ziege erlaubte. Oben an der Kante des Abhangs entdeckte er ein Wesen, das wenig Göttliches an sich hatte. Sah mehr wie ein armes Weiblein aus, eingehüllt in ihren Umhang und auf einen langen Stab gestützt. Er hatte immer gedacht, die Göttin der Jagd zeige sich den Menschen als wunderschöne Frau. Daneben stand ein großer, grauer Hund, einem Wolf gleich, der aufgeregt bellte.

Die Ziege in seinen Armen wurde noch unruhiger, wand sich hin und her. Er verlor den Halt und rutschte ein Stück weiter den Hang hinab, ehe er sich mit dem Fuß erneut an einem vorstehenden Felsstück abstützen konnte.

Das Gebell verstummte, und als er wieder aufsah, konnte er den Hund nicht mehr entdecken. Die Frau hatte ihren großen Beutel abgelegt und wickelte ein Seil von einer Rolle Tierhaut, das sie sich um den Bauch band.

»Halte durch!«

Im nächsten Augenblick sah er nur noch ihren Kopf über die Felskante ragen, sie hatte sich wohl flach auf den Boden gelegt, und das Hanfseil glitt zu ihm hinab.

Indem er sein Bein streckte, versuchte Latobio sich soweit hochzuschieben, dass er das Ende des Seils erreichen konnte. Er hoffte, das kleine Weib war stark. Sonst würde sie im nächsten Augenblick mit ihm die Schlucht hinabstürzen.

Die Kraft der Verzweiflung gepaart mit der Hoffnung auf Rettung durchströmten ihn. Er riss das Horn der Ziege aus seinem Bart, spürte den Schmerz an seinem Kinn. Die Ziege zuerst. Das Seil war gerade lang genug, es dem Vieh um den Leib zu binden.

Die Frau, drei Manneslängen über ihm, beobachtete genau, was er tat, er sah ihre Hände über die Kante greifen und das Seil umschlingen.

Er konnte sich nicht vorstellen, dass sie es schaffen würde. Selbst auf die Entfernung konnte er sehen, dass sie klein und zart war. Keine Hiesige aus den Tälern, solch ein kleinmageres Weib hätte hier nicht die Kindheit überlebt.

Die Ziege hatte aufgehört zu zappeln, hing nun halb über Latobio an die Felswand gedrückt. Zumindest hatte er jetzt wieder seine Hände frei. Mit der einen suchte er Halt an einem hervorstehenden Fels, mit der anderen schob er die Ziege von unten an.

»Hoch!«, rief er der Frau zu. Ihr Kopf verschwand. Zu seiner Überraschung bewegte sich die Ziege tatsächlich nach oben. Langsam und ruckelnd. Er schob nach, suchte neuen Halt für sich selbst, beachtete die Schmerzen in den blutigen Händen nicht.

Als er sich keuchend über die Kante wälzte, sah er Frau und Hund, die gemeinsam an dem Seil zerrten, die Beine fest in den Boden gestemmt. Die Ziege kam zwischen ihm und den beiden zu liegen, rappelte sich meckernd hoch.

Die Frau lächelte, als sie ihn sah. Ihr Gesicht war rot von Kälte und Anstrengung. Sie war jünger, als er im ersten Augenblick gemeint hatte, vielleicht vier mal sechs Sommer. Unter einer Lederhaube, die ihr zu groß war, hingen lange rotbraune Haare offen herab. Solch eine Farbe hatte er noch nie gesehen.

Der zottelige Hund stand direkt vor seiner Ziege, knurrte sie leise an.

Die Frau reichte ihm das Seil, an dem seine Geiß hing.

Er nickte.

»Du blutest«, war das Erste, das sie sagte.

Er zuckte die Schultern.

Sie sah ihn abwartend an.

Eine Frau. Hier.

Er versuchte, den Knoten zu lösen, der das Seil um den Bauch der Ziege hielt. Seine Finger schmerzten, er hatte kein Gefühl in ihnen. Die Ziege trippelte hin und her.

Der Hund saß nun schwanzwedelnd vor ihm. Die Frau trat zu ihm hin, die Ziege meckerte verängstigt.

Sie griff nach dem abgerissenen Lederriemen, den die Ziege um den Hals trug, hielt das Tier fest.

Eine Frau. Hier.

15

Endlich löste sich der Knoten im Seil, er reichte es ihr zurück. Sie band es so rasch und geübt um die zusammengerollte Rehhaut, wie sich einer die Schuhe an die Füße band, und schlang sich Beutel und Rolle über die Schultern.

Er hoffte immer noch, sie wäre doch eine Göttin und verschwände augenblicklich wieder in den Nebeln der Anderwelt.

Kapitel 3

Der Unterstand

Der Mann sagte kein Wort des Dankes dafür, dass wir ihn gerettet hatten. Elend sah er aus. Er war ein großer Kerl mit Schultern, die wohl schon so manches Kalb getragen hatten, aber ausgemergelt und mit einem hohlen Blick. Bart und Haare waren verfilzt, überall nun Blut, auf seinen Händen, in seinem aufgeschürften Gesicht, auf den Knien unter seinen zerrissenen Braccae.

Ich wusste nicht, was ich sagen sollte.

Mein Blick glitt in den Himmel, wo Branna weite Kreise zog. Die Wolken waren wieder dichter geworden, Wind blies mir meine Haare ins Gesicht.

Bald würde es Nacht werden.

Der Mann hatte die Ziege am Lederband um ihren Hals genommen und ging einfach weg. Ich sah ihm verblüfft nach, da riss sich die Ziege aus seinen blutigen Händen. Im Nu war Cú vor ihr, knurrte sie an.

Ich trat an den Mann heran, nahm ihm das Lederband aus der Hand, das er erneut ergriffen hatte.

»Lass mich sie führen.«

Seine hellen Augen blitzten misstrauisch unter den dichten Brauen hervor, doch er widersprach nicht. Vielleicht war er stumm, schoss es mir durch den Kopf. Vielleicht sprach er deswegen nicht.

Die Ziege zerrte an dem Band, während wir quer zum Hang gingen, schweigend. Sie drängte wie ein Tier, das seinen Stall riecht.

Irgendwann erreichten wir hinter einem Fels ein Gebilde, das wohl ein Unterstand sein sollte. In einigem Abstand zu dem Fels sorgfältig aufgeschichtete Steine, darüber ein Dach aus knorrigem Holz und braunem Tannengeäst. Mehr als eine Mannlänge war der Verschlag nicht breit und niedriger, als dass der Mann darin stehen könnte. Es gab keine Tür, kein Fenster, doch die Feuerstelle direkt davor verriet, dass es sich nicht um einen Stall für die Ziege handelte.

Diese meckerte soeben aufgeregt. Hinter dem Verschlag kam nun eine zweite magere Geiß hervor, mit einem langen geflochtenen Lederriemen an einen Pflock neben einem knorrigen Buschwerk gebunden. Ein Bach plätscherte dahinter ins Tal, gurgelte sein fröhliches Lied.

Der Mann nahm mir das Lederband aus der Hand und zerrte die Ziege hinüber zu dem Pflock, wo er sie an einen dort liegenden Riemen band.

Er drehte mir den Rücken zu, betrachtete die beiden Tiere, die nun meckernd ihre Köpfe aneinander rieben.

Branna landete auf meiner Schulter und zupfte an meinen Haaren. Ich kraulte ihr die Federn am Hals. Cú hatte neben mir Platz genommen und so standen wir denn alle drei und warteten, ein wenig befremdet vom Verhalten des Mannes.

Der Wind trieb erste Regentropfen herbei.

Der Mann bückte sich in den Unterstand hinein, ohne mich und meine Gefährten eines Blickes zu würdigen. Er tauchte mit ein paar dünnen Ästen wieder auf und fachte mit der schwachen Glut, die sich noch in der Feuerstelle befand, ein Feuer an.

Noch immer sagte er kein Wort.

»Lass mich deine Hände versorgen«, bot ich an. »Sie werden besser heilen, wenn sie verbunden sind.«

Nach wie vor sah er nicht her, doch ich hörte ihn »Weiberkram« sagen. Zumindest war er also nicht stumm. Er verschwand wieder in den Tiefen des Unterstands und kam mit einigen knorrigen Holzstücken zurück.

»Dürfen wir uns unter dem Dach deines Unterstandes an deinem Feuer wärmen? Es beginnt wieder zu regnen und wir sind immer noch durchnässt.«

Er stockte in seinen Bewegungen.

»Das schulde ich dir wohl.« Seine Stimme war tief und brummend. Keine Spur einer freundlichen Einladung. Sollte er grummeln, was er wollte, ich war froh, ins Trockene zu kommen. Ich kroch an dem kleinen Feuerchen vorbei ins Dunkel hinein, Branna noch immer auf der Schulter und Cú an meinen Fersen.

Der Mann sah mich erneut misstrauisch an. Fast ängstlich, schien es mir, war sein Blick, als er auf Branna ruhte. So viele Menschen sahen in der Rabin nur den Vogel der Todesgöttin, dabei war Branna das verspielteste Tier, das ich kannte.

Der Unterstand reichte tiefer, als ich erwartet hatte. Er wurde nach hinten zu immer schmäler und das Ende bildeten aufgeschichtete Holzstücke, nicht erkennbar, wie tief. Die Reste eines Heuhaufens waren zu erkennen und getrocknete Blätter, Futter für die Ziegen.

Ich kauerte mich an den Fels. Ein Haufen von Tannenreisig mit einer groben Decke darüber war das Nachtlager des Mannes, direkt vor dem Holzstapel. Es sah verlockend warm und trocken aus.

Er verschwand nach draußen. Als er nach einer Weile zurückkehrte, trug er ein großes Stück Fleisch in Händen. Er kniete im Eingang am Feuer nieder, den Rücken mir und meinen Gefährten zugewandt. Bald erfüllte der Duft von gebratenem Reh den kleinen Raum. Mein Magen knurrte und Cú neben mir sah mich sehnsüchtig an. Auch Branna trippelte aufgeregt auf meiner Schulter herum.

Der Regen wurde stärker, vereinzelte Tropfen fanden ihren Weg durch das Reisigdach und manche Böen des Windes bliesen durch die Ritzen, das Feuer zischte immer wieder auf und drohte auszugehen, kämpfte sich ins Leben zurück. Aber es war immer noch um vieles besser als die letzten Nächte. Der Tag ging in die Dunkelheit über. Langsam fühlte ich die klamme Kälte aus meinem Körper weichen. Das Feuerchen war nicht groß genug, mein Gewand zu trocknen, aber alleine der Anblick der Flammen und die Windstille im Verschlag ließen mich wärmer fühlen.

Als es draußen ganz dunkel war, trat der Mann erneut hinaus und trieb die beiden Ziegen ebenfalls in den Verschlag. Sie schoben sich vorsichtig am Feuer vorbei und legten sich im Trockenen nieder. Sie sahen misstrauisch auf Cú und mich und ihre schmalen Kiefer mahlten stetig hin und her.

Endlich drehte der Mann sich zu mir um. Er hielt mir einen hölzernen Spieß entgegen, auf dem ein großes Stück gebratenes Fleisch steckte. Um einiges größer als das Stück, mit dem er es sich nun mir gegenüber zwischen den Ziegen bequem machte.

»Danke«, sagte ich.

Er nickte.

Wir aßen schweigend.

Irgendwann kroch er auf sein Lager, zog die Decke über sich und drehte mir den Rücken zu.

Ich legte mich auf meiner feuchten Rehhaut hin, wo ich war, klein zusammengerollt, meinen Arm um Cú geschlungen und Branna auf meiner Hüfte.

Die Feuerstelle bot einen schwachen rotgoldenen Schimmer vor dem Dunkel der Nacht. Funken stoben manchmal in die Höhe, wenn der Wind blies. Die Ziegen füllten den Raum mit dem tröstlichen Geruch von Stall und dem beruhigenden Mümmeln ihrer Kiefer.

Ich murmelte ein Dankgebet an die Göttin für den neuen Tag, den diese soeben in die Dunkelheit gebar, ehe ich erschöpft einschlief.

Kapitel 4

Morgentanz

Es war noch dunkel, als ich erwachte. Vorsichtig kroch ich aus dem Unterstand, die Ziegen hoben nur träge den Kopf. Cú und Branna folgten mir. Es hatte aufgehört zu regnen. Noch war der Sonnengott fern des Erwachens, doch es könnte endlich ein schöner Tag werden. Letzte Sterne blinkten schwach am Himmel, es war kalt, nun, wo die Wolkendecke nicht die Erde wärmte. Ich wusch mir im eisigen Wasser des Bachs das Gesicht und fand einen kleinen Bereich, der halbwegs eben war. Cú setzte sich schwanzwedelnd hin, Branna flatterte hoch in die Luft. Beide meiner Gefährten waren voll der Erwartung auf das, was nun begann. Ich liebte diese Zeit des Morgens. Es war der Augenblick der Hoffnung, der Moment, wo die Götter mir den weiteren Weg wiesen, wo ich jeden Tag voller Zuversicht war, dass ich meinem Ziel nun näher käme.

Ich ließ meinen Blick in das blasse Morgengrau der unendlichen Weite gleiten, hob meine Arme dem Himmel entgegen und schloss die Augen. Langsam setzte ich Schritt für Schritt, Ballen, Sohle, Ballen, Sohle, immer im Kreis um die eigene Achse, wurde schneller und schneller, drehte mich und drehte mich, bis ein Taumel der Glückseligkeit mich erfüllte.

Ich hörte Cú bellend um mich herumspringen, hörte Brannas Flügelschlag über mir. Für die beiden musste es wie ein Spiel wirken, das junge Hunde spielten, wenn sie ihrem Schwanz nachjagten.

Lass es talwärts sein, dachte ich, und dann kam der Moment der inneren Gewissheit, nun das wilde Tanzen anhalten zu müssen, nun, in genau diesem Augenblick, stehenzubleiben.

Ich schwankte ein wenig, hielt die Augen geschlossen, bis der innere Schwindel sich legte. Meine Arme sanken herab, ich atmete tief die würzige Luft des Morgens ein.

Talwärts, dachte ich erneut und öffnete die Augen.

Alle Freude rann aus mir heraus wie Wasser aus einem Korb. Ich starrte den Weg an, den die Götter mir wiesen.

Es war kein Weg.

Es war der Unterstand des unfreundlichen Fremden.

Cú saß neben mir, sah zu mir hinauf, folgte meinem Blick zu dem Verschlag und winselte leise. Branna landete auf meiner Schulter, keckerte fröhlich, wie über einen Witz.

Ich stand immer noch mit starrem Blick, als der Mann aus seinem Unterstand kroch. Er sah nur kurz zu uns her, ging zu dem Bach hin, die Ziegen hinter sich an ihren langen Lederriemen führend.

Ich folgte ihm.

Erst fiel mir auf, wie verschlossen sein Gesicht wirkte, wie angespannt und verbissen, während er die Riemen um den Pflock überprüfte. Dann sah ich seine Hände. Rot und geschwollen, die Haut hing an manchen Stellen in Fetzen herab.

»Lass es mich versorgen«, wiederholte ich mein Angebot vom Vortag.

Er starrte seine Ziegen an, die im kargen Boden scharrten auf der Suche nach den ersten frischen Gräsern. Dann sah er mir in die Augen.

Unter all dem Dreck und den Blutkrusten seines Sturzes lag etwas in seinem Blick, das mich berührte.

Mein eigenes Gesicht war wohl weicher geworden, als ich die Trauer in seinen Augen entdeckte, denn er wandte sich sofort wieder ab.

»Wenn du meinst«, brummte er.

Ich lächelte erleichtert.

»Ja, ich meine. Komm, setz dich, ich kümmere mich darum.«

Ich holte meinen Beutel, den ich vorhin neben dem Eingang des Verschlags abgelegt hatte und suchte nach dem Nötigen. Ich fand ein paar dünne Stoffstreifen darin, feucht von all dem Regen. Da ich unterwegs keine Möglichkeit hatte, Stoffe zu weben, hortete ich jedes Stück, das ich fand oder bekam. Diese hier waren so hell wie Getreide nach dem Regen und sie waren die Reste eines Tuches, in das eine Bäuerin mir einmal ein Brot eingewickelt hatte.

Meinen Umhang legte ich ab, breitete ihn über das Tannenreisigdach, auf dass er in der soeben aufgehenden Sonne trocknen möge.

Als ich zum Bach zurückkam, saß der Mann auf einem Felsbrocken, eine der Ziegen knabberte an seiner ausgefransten Camisia, ohne dass er sie wegscheuchte. Es war wohl lange her, dass er sein Hemd gewechselt hatte.

Ich war versucht, ihn dafür zu schelten, dass er die Wunden am Abend nicht ausgewaschen hatte, verbiss es mir aber. Die Götter wollten wohl, dass ich mich heute um ihn kümmerte. Ich würde nicht die Entscheidung der Götter hinterfragen.

»Wir müssen deine Hände säubern, hier, wasch sie im Bach.«

Er kniete sich mit einem leisen Ächzen nieder, hielt die Arme in das eisige Wasser. Er verzog keine Miene. Vorsichtig griff ich nach seiner Linken, zupfte Dreck aus den Wunden, Steinchen und Pflanzenreste, tauchte sie erneut ins Wasser. Der Mann sah weg, den Berg hinauf, dennoch entging es mir nicht, dass er die Zähne zusammenbiss.

Als ich soweit damit zufrieden war, wie die Wunden aussahen, band ich die dünnen Stoffstreifen um seine Hände. Er starrte darauf. Rührte sich nicht.

Ich sah von meiner knienden Position auf, blickte in sein Gesicht. Der Schorf dort war nicht so schlimm. Unter all dem Dreck und dem struppigen Bart meinte ich zu erkennen, dass er längst nicht so alt war, wie er wirkte. Das war kein Greis, der sich zum Sterben zurückgezogen hatte. Das war ein Mann, den man an einem Hof mit Frau und Kindern erwartete, mit der Axt in der Hand oder hinter dem Pflug hergehend.

Ich nahm meine löchrigen Handstrümpfe und zog sie vorsichtig über seine verbundenen Hände. Ich lächelte.

»So wird der Verband besser halten.«

Er nickte, erhob sich.

»Dann gehab dich wohl«, sagte er.

Eben noch voller helfender Zuneigung, spürte ich Wut in mir aufsteigen.

»Ein Danke wäre durchaus kein Fehler.«

Er zuckte die Schultern. »Ich habe dir zu essen gegeben. Mehr Dank habe ich nicht.«

Ich sah ihn an. Er hatte nicht so grummelig geklungen wie zuvor. Beinahe entschuldigend. Ich räumte die restlichen Stoffstreifen zurück in meinen Beutel.

»Ich werde heute hier bleiben. Ich brauche einen Tag der Ruhe, um zu trocknen.«

Seine hellen Augen musterten mein Gesicht. »Wenn du meinst. Der Berg hat Platz für alle.«

Er wandte sich ab, verschwand hinter seinem Verschlag.

Ich atmete aus. Ich würde ihn einfach nicht beachten.

Die Sonne hatte sich golden erhoben, ließ das Land rings um den Berg in zartem Grün erstrahlen. Dort unten hatte der Frühling bereits Einzug gehalten, doch ich saß hier, an der Grenze zu Schnee und Eis, bei einem Griesgram festgehalten durch den Willen der Götter.

Wie stets würde ich mich bemühen, das Beste daraus zu machen. Was sollte ich sonst tun.

Weit hatte ich mich von dem Verschlag nicht entfernt, wo mein Umhang zum Trocknen hing, doch weit genug, dass ich die Ruhe des Alleinseins empfand. Ich setzte mich auf einen Fels, die Beine unter mich geschlagen, meinen Beutel neben mir abgelegt. Mein Körper schmerzte noch immer von der eisigen Kälte der letzten Tage und von der Rettung der Ziege und des Mannes. Ich betrachtete meine Hände, die nach wie vor ein wenig rot waren, wo das raue Seil eingeschnitten hatte. Lange kraulte ich Cú, der neben mir herzhaft gähnte.

»Vielleicht finden wir ja zumindest ein Zeichen«, sagte ich zu ihm, »wenn die Götter uns schon nicht weiter wandern lassen.«

Cú streckte sich in der Sonne aus. Ihm war es egal, ob ich Zeichen fand oder nicht. Hauptsache, es gab zu fressen und er wurde gekraut. Doch für mich waren die Zeichen etwas, das mich weitergehen ließ. Das mir Hoffnung gab und das Gefühl, auf dem rechten Weg zu sein. Die Zeichen waren ein seltenes Geschenk der Götter, wenn manchmal Muster in mein Auge fielen, die solch eine Regelmäßigkeit oder solch eine wundersame Form hatten, dass ich sicher war, die Götter wollten mir damit etwas mitteilen. Etwas, das mir helfen würde, das *cynnedyf* zu lösen. Das mich vielleicht zu Loïc zurückführte ... Ich schob den Gedanken zur Seite. Es gab kein Zurück zu Loïc, solange das *cynnedyf* nicht von mir genommen war. Meine Hoffnung lag darin, dass eines Tages ich das dicke Lederstück betrachten würde, auf dem ich alle Zeichen einritzte, die ich fand, und sich mir plötzlich eine Antwort offenbaren würde, wie ich das *cynnedyf* beenden konnte. Wie viele Abende hatte ich schon damit verbracht, auf das Leder zu starren ... aber noch waren es nur eigenartige Linien. Doch wer wusste, vielleicht nach dem nächsten Zeichen ...

Branna landete an meiner Seite, schüttelte ihr Gefieder und begann, in den Spalten des Felsens nach Insekten zu suchen.

Müdigkeit saß mir noch immer in den Knochen. Ich schlang die Arme um mich, der Wind ließ mich in meinem feucht-klammen Gewand frösteln. Besser, ich bewegte mich, als hier zu sitzen und die Ehrfurcht erweckende Aussicht zu genießen. Zumal der Blick über diese beinahe unendliche Weite mich noch einsamer fühlen ließ. Dies war eine andere Weite als das Meer, das ich liebte. Das Meer trug immer den Gedanken in sich, was sich wohl hinter der sichtbaren Kante befand, und hatte mir schon viele Geschichten über unbekannte Reiche geschenkt. Hier, so hoch auf dem Berg, da sah man das Land ringsum, doch es war so fern, dass es schien, als wäre man alleine auf der Welt. Kein Wunder, dass Sonnengott Lug sich Abend für Abend dem Erdenrand näherte, um dieser Einsamkeit zu entgehen.

Gemeinsam mit meinen beiden Gefährten erkundete ich die Umgebung. Zwischen den knorrigen Büschen, die ich nicht kannte, fand ich vereinzelt grüne Stellen, die sich mutig dem beginnenden Frühling entgegenreckten. Ich steckte die geraden Bahnen meines Peplos durch meinen Gürtel, um so eine

Tasche für alles zu bilden, das ich sammeln würde. Viel war es jedoch nicht. Zwar entdeckte ich einiges an Moosen und Flechten, von denen ich nahm, doch die grünen Flecken entpuppten sich zumeist als mir unbekannte Pflanzen. Ich hatte auf zarten Wallwurz oder Wegerich gehofft, wie ich es von den Tälern kannte, oder auf die wohltuenden Nesseln, doch die Blätter, die hier zwischen den Steinen wuchsen, ähnelten kaum etwas, das ich kannte. Dieser Berg war eine mir fremde Welt. Vorsichtig rieb ich ein längliches Blatt zwischen den Fingern und roch daran, fuhr mit der Zunge über meine mit Pflanzensaft beschmierten Finger. Der Geschmack war so bitter, dass ich sofort spuckte, sehr zu Brannas Vergnügen. Ich konnte es mir nicht leisten, etwas Giftiges zu essen.

Ich seufzte. Wenn ich nur weiter ins Tal hinab könnte! Nun, ich könnte, doch der Gedanke an den Weg zurück hinauf zu dem Verschlag ließ meine Beine noch müder fühlen. Morgen. Heute würde ich rasten, wie ich es dem Mann gesagt hatte.

Cú war gemeinsam mit Branna weiter gelaufen, ich sah, wie er einem kleinen Tier nachsetzte, während die Rabin der Beute den Weg abschnitt. Die beiden waren ein gutes Gespann, wenn es um die Beschaffung ihres Essens ging. Als ich zu ihnen kam, kaute Cú zufrieden an den letzten Knöchelchen, während Branna bereits ungeduldig auf neues Jagdglück hoffte, ein kleines Stückchen Fell aus dem Schnabel hängend.

Ein wenig später entdeckte ich eine Wiese, die nach der Kälte des Winters bereits zu grünen begann. Der Hang war hier etwas sanfter geschwungen und ich fand ein paar Pflanzen, die mir vertraut waren. Als ich mich aufrichtete, sah ich in der Entfernung den Mann mit seinen beiden Ziegen, die vor ihm grasten. Er beobachtete mich, drehte aber den Kopf weg, als ich zu ihm hinsah.

Ich war zu dem Verschlag zurückgekehrt, lange bevor es drohte, dunkel zu werden. Gerne hätte ich ein ordentliches Feuer entfacht, doch ich wollte nicht die kargen Holzvorräte des Mannes anrühren. Wer wusste, wie weit er gehen musste, um frisches Holz zu finden. So begnügte ich mich damit, mit dem knorrigen Gehölz, das ich unterwegs aufgeklaubt hatte, ein mageres Feuerchen am Laufen zu halten. Feucht vom gestrigen Regen rauchte das Holz mehr, als dass es Wärme spendete. Immerhin war mein Umhang in Wind und Sonne trocken geworden. Etwas Trockenes zum Anziehen zu haben, war ein Glücksgefühl wie ein gutes Mahl.

Irgendwann hörte ich die Ziegen zurückkehren und kurz darauf erschien der Mann vor mir. Er sah mich von oben herab an, wie ich da an den mickrigen Flammen hockte. Cú knurrte leise, ich besänftigte ihn, indem ich meine Hand auf seinen Nacken legte.

»Man nennt mich Arduinna«, sagte ich schließlich, um irgendetwas zu sagen.

Der Mann nickte und verschwand hinter dem Verschlag.

Ich hörte ein schabendes Geräusch, als schöbe man Steine übereinander.

Er kehrte zurück, erneut einen Brocken Fleisch in den behandschuhten Händen.

Ich wich zur Seite, als er gebückt in den Unterstand ging. Cú reckte witternd die Schnauze, während Branna auf meine Schulter hüpfte und »Mooooooorgn, Mooorgn« rief, in freudiger Erwartung eines Morgenmahls.

Ich zog meinen Umhang enger um mich.

Wenig später hatte der Einsiedler das Feuer gefüttert und die Flammen schlugen hoch in den sich verdunkelnden Himmel. Er steckte das Fleisch auf Spieße, die er mit Steinen so abstützte, dass er sie nicht halten musste. Dann zog er die Handschuhe aus und reichte sie mir. Sie waren nass und rochen nach Fleisch und Schmutz.

Er wickelte die schmalen Stoffstreifen ab und betrachtete im Schein der Flammen seine Handflächen. Ich sah zu den Ziegen hin, die noch draußen unter dem erwachenden Sternenhimmel lagen und wiederkäuten. Mit einem Nicken reichte er mir die Stoffe zurück, zu einem schmutzigen Haufen geknüllt. Ich legte sie neben mich auf den Boden zu den Handschuhen. Beides würde ich morgen vor meinem Aufbruch im Bach waschen.

Wie aßen schweigend. Wie ein Stein lastete die Stille auf mir. Mit Menschen zu sein, bedeutete für mich, Geschichten zu erzählen, sich auszutauschen, zu reden. Doch das Schweigen umgab den Mann wie eine Mauer, so sorgfältig aufgeschichtet wie die Wand seines Unterstands. Ich musste wohl schon mehr als dankbar sein, dass er mich auch diese Nacht hier duldete und mir von seinen Fleischvorräten abgab.

Schweige und lerne, fielen mir die so oft gesagten Worte meines alten Maistirs Tegid ein.

Also schwieg ich, neugierig, was es hier zu lernen gab.

Kapitel 5

Nachts

Latobio erwachte von dem leisen Schnarchen des Hundes. Die Frau war noch immer hier. War einfach geblieben. Dünnes Gestell, das sie war. Kein Wunder, dass sie nicht weiterkonnte. Zu dumm, einen Bogen um die Berge im Winter zu machen.

Es hatte ihm einen Stich in der Brust versetzt, als er am Abend zu seinem Unterstand kam und das Feuer flackerte vor sich hin, die Frau saß daneben, wartend. Wie eine Frau das so tat, wenn der Mann zur Jagd war. Wie seine Frau das immer getan hatte.

Sie sollte besser weggehen. Sie würde gewiss weggehen, gleich morgen, wenn der Sonnengott den Himmel bestieg. Keiner blieb hier, wenn er gehen konnte. Nur er.

Er wälzte sich auf die andere Seite, starrte in die Schwärze seines Verschlags. Das trockene Reisig unter ihm knackste.

Es wurde Frühling und er lebte noch.

Damit hatte er nicht gerechnet.

Die Götter hatten ihn nicht sterben lassen.

Und nun hatten sie ihm eine Frau geschickt.

Ein einzelner Funken stob von der Glut in der Feuerstelle hoch, verglomm in der Dunkelheit.

Vorsichtig schob Latobio sich von seinem Lager, kroch das kurze Stück zu ihr hinüber.

Nach all den eisigen Monden eine Frau. Jetzt, wo alles sich zu regen begann. Wo der Saft in die Pflanzen schoss. Wo er überlebt hatte.

Sterben wäre besser gewesen.

Er konnte ihre Züge nicht erkennen im Dunkel des Verschlags. Nur schwach ihre Umrisse, eingerollt in ihren Umhang. Nein, das war kein Weib für die Berge. Auch keines fürs Dorf. Er hatte sie heute beobachtet, drüben, auf der Wiese. Zäh schien sie, das schon. Aber dünn und klein. Er unterdrückte ein Lachen. Über dünn brauchte er nicht zu reden. Der Winter hatte ihm alles Fleisch von den Rippen gefressen. Keine Spur mehr des kräftigen Bauern, der den sprüngigen Schafbock bändigen konnte. Dessen Hand Kraft hatte, zuzuschlagen. Heute hatte er kaum die Ziegen zurückhalten können, mit seinen aufgeschürften Händen.

Sie rührte sich im Schlaf, drehte sich auf den Rücken. Sie schlief, wie sie wachte – das Messer am Gürtel, griffbereit. Ebenso die Schlinge ihrer Steinschleuder. Nur die bronzene Schale und die kleine Axt hatte sie abgelegt.

Er beugte sich vor, roch die Luft über ihrem Gesicht.

Eine Frau. Jung und hübsch.

Der Hund knurrte leise und sofort schlug sie die Augen auf. Blass glänzten sie einen kurzen Moment in der Finsternis, ehe sie hochschreckte.

Ihr Hund bellte nun, fletschte die Zähne, der Rabe krächzte.

Sie presste sich erschrocken an die Felswand, zog das Messer aus dem Gürtel.

Die Ziegen, aufgeschreckt, meckerten.

Latobio brummte etwas, er wusste selbst nicht, was.

Dann schob er sich an allen vorbei ins Freie, als wäre das von Anfang an sein Vorhaben gewesen.

Kapitel 6

Eine Geschichte

Schwindlig und außer Atem stand ich da und starrte. Ich hatte mich den Göttern zur Freude gedreht, bis meine Knie zu zittern begonnen hatten. Doch erneut ruhte mein erster Blick auf dem Verschlag und nicht in der Weite des Tales. Tränen wollten mir in die Augen schießen und ich biss mir auf die Lippe, bis der Schmerz das Weinen zurückdrängte. Noch einen Tag hier, noch eine Nacht in dieser dunklen Enge, in der der Fremde zu mir gekrochen war. Sein dreckverkrusteter Bart, die leicht geöffneten Lippen waren über mir geschwebt, als Cú mich mit seinem Knurren weckte. Ich konnte wohl erraten, was geschehen wäre, hätte ich nicht meinen Hund an meiner Seite.

Doch die Götter ließen mich nicht gehen.

Cú saß neben mir, sah abwartend zu mir herauf. Ich kraulte geistesabwesend seinen Kopf. Vielleicht hatten die Götter gestern mehr von mir erwartet, als nur die lichten Stunden hinter mich zu bringen. Ich musste nachdenken, wieder zur Ruhe kommen. So erschöpft war ich gewesen von den Tagen in der eisigen Kälte, dass ich die leichte Wärme gestern benötigt hatte, wieder zu der Frau zu werden, die ich war, anstatt des durchfrorenen, ums Überleben kämpfenden Wesens, das ich gewesen war. Die verbissene Schweigsamkeit des Mannes durfte mich nicht anstecken, wie das Fieber es mit ganzen

Dörfern tat. Ich war Arduinna, die Wortflechterin. Der unendliche Quell der Worte und Geschichten war meine Nahrung, ich selbst war ein Hort der Legenden der gallischen Stämme und jener jenseits des schmalen Meeres, ich sollte daraus schöpfen, wie die Götter es mir geschenkt hatten.

Lange stand ich hier, wo ich den Morgen ertanzt hatte, und blickte über die Weite, die zu meinen Füßen lag. Es war einen Hauch wärmer als gestern, die Göttin des Frühlings ließ sich selbst in dieser unwirtlichen Gegend nicht aufhalten. Ich hörte hinter mir den Mann, der die Ziegen zum Bach führte. Das Grau des unausgeschlafenen Morgens wandelte sich in ein zartes Blau und zu meiner Linken erhob sich Lug, der Sonnengott.

Ich setzte mich, schlang meinen Arm um Cú. Branna ließ sich zu meinen Füßen nieder, pickte in ihrer unendlichen Neugier zwischen Steinen und gelbem Wintergras herum.

Es war Zeit für eine Geschichte.

Ich wählte eine, die meine Begleiter liebten. Es war meine Art, den beiden dafür zu danken, dass sie mit mir die letzten Tage in der eisigen Kälte durchgestanden hatten.

»Einst lebte ein junges Mädchen, Gwenea genannt ...«

Ich sah Tegid vor mir, der mir diese Geschichte erzählt hatte, als wir noch bei den Silurern lebten. Vor einer Ewigkeit. Cú wedelte freudig mit dem Schwanz, Branna ließ ein »Enea, Enea« hören.

»Der Tag, an dem diese Geschichte geschah, war kein guter für die junge Frau. Am Abend zuvor, dem Abend von Samhain, hatte sie mit ihren beiden Freundinnen versucht, die Zukunft zu schauen. Ihr erratet gewiss, was solch junge Frauen wissen wollen. Wer denn ihr Liebster werden würde, wer sie zum Weibe machte. Zwei prächtige Männer hatten sich gleich im ersten Orakel gezeigt, als sie alle drei aus von schwarzen Schafen gesponnenem Garn und dünnen Zweigen des Elhornbusches kleine Strickleitern geknüpft hatten und beim Fenster hinaushingen. ›Ich hole ein, und wer klebt an?‹ hatte jede dem alten Brauch nach dreimal gesprochen. Kaum hatten die Freundinnen ihre Sprüche getan, waren zwei der Burschen aus dem Dorf an ihrem Haus vorbeigegangen, doch als Gwenea sprach ... kam keiner. Die Freundinnen trösteten

sie, doch sie wusste selbst, ihre Aussichten, in diesem Jahr zu heiraten, waren damit zunichte gemacht. Dennoch wollte sie die Hoffnung nicht aufgeben und lieber noch ein Orakel befragen. Kaum waren die Freundinnen gegangen, stellte sie drei Schüsseln auf den Tisch, die eine gefüllt mit sauberem Wasser, die andere mit dreckigem und die dritte leer.«

»Buup!«, machte Branna. »Buup!«

Die Rabin hatte den Kopf geneigt und die feinen Federn aufgestellt. Aus dem Augenwinkel folgte ich dem Blick Brannas und entdeckte den Mann, der in einiger Entfernung stand und ganz offensichtlich zuhörte. Ich musste schmunzeln und ließ mit den nächsten Worten meine Stimme langsam etwas lauter werden, um die Kraft meiner Geschichte auch in seine Richtung zu senden.

»Gwenea schloss die Augen und ging, die Hand an die Tischkante gelegt, mehrfach um den Tisch herum, ehe sie die Finger ausstreckte. Sie hoffte auf die Schale mit Quellwasser, denn das verhieße ihr einen Mann, der noch kein Weib begehrt hatte, aber auch die Schale mit Dreckwasser, die immerhin einen Witwer versprach, sollte ihr recht sein. Doch ihre Finger tauchten in die leere Schüssel. Also würde sie auf ewige Zeiten unverheiratet bleiben.«

»Miiiist«, machte Branna, und es klang mitleidsvoll. Cú winselte leise.

»Doch Gwenea wusste, dass das Orakel mit den Wasserschalen nicht das zuverlässigste war und so nahm sie des Abends, als sie schlafen ging, drei Federn und legte sie unter ihr Kissen. In ihren Träumen mochte ihr so ihr Zukünftiger begegnen und die Feder, die sie am Morgen in Händen hielt, würde ihr etwas über ihn verraten. War es die Gänsefeder, so wäre er ein Bauersmann. Die Rabenfeder, die wunderschön glänzend schwarze, und er wäre ein Krieger.«

Ich kraulte Branna unter dem Schnabel und die Rabin streckte genüsslich den Kopf vor.

»Und wäre es die Schwanenfeder, nun, dann war ihr gar ein Herrscher gewiss. Aber vielleicht erratet ihr es schon, sie erwachte des Morgens, ungeträumt und federlos ... So war es denn kein Wunder, dass sie griesgrämig und schlechter Laune war, als sie sich auf den Weg zum Markt machte. Sie war noch nicht weit gegangen, da sah sie in der Ferne einen Reiter

auf einem rotbraunen Ross. Oh, sie kannte ihn wohl, es war ein Bursche aus dem Nachbardorfe. Das fehlte ihr noch, ihm heute zu begegnen, wo er gewiss unterwegs war, eines der Mädchen des Dorfes zum Tanze zu bitten. Er winkte ihr zu, doch in jenem Augenblick schoss ein großer, schwarzer Hund aus dem Gebüsch, genau zwischen ihr und dem Reiter. Das Pferd des Burschen scheute, und er wendete es in einem weiten Bogen ab, um es zu beruhigen. Der Hund baute sich vor Gwenea auf, mit wilden Augen.«

Cú richtete sich schwanzwedelnd auf und hechelte aufgeregt.

»Gwenea war so voll der Wut und schlechten Laune, dass sie nicht bemerkte, dass das große schwarze Biest mit dem Schwanz wedelte. Sie versetzte ihm mit dem rechten Fuß einen Tritt, doch augenblicklich war ihr Bein wie gelähmt und um die Gestalt des Hundes sprühten Flammen auf, als hätte der Blitz eingeschlagen.«

Cú ließ ein begeistertes Heulen hören, es hallte mehrfach von den Felswänden zurück, sodass der Hund erstaunt die Ohren spitzte. Ich lachte.

»Gwenea brach ohnmächtig zusammen und als sie wieder erwachte, kniete der Bursche aus dem Nachbardorf neben ihr und tätschelte ihre Wangen. Er war gekommen, sie zum Weib zu fragen. Doch nun war Gweneas rechtes Bein schwarz und stinkend und ihr ganzes Gehabe war festgeklemmt in der Stimmung, die sie gehabt hatte, als sie den Hund berührte. Wäre sie in jenem Augenblick glücklich und zufrieden gewesen, hätte dies ihr Leben lang angedauert. So war es eben die verdrossene Laune, die von ihren vergeblichen Orakeln herrührte. Der Bursche nahm ein anderes Weib und Gweneas Orakel erfüllten sich dadurch denn doch und sie blieb ihr Leben lang unverheiratet. Die Geschichte ist wahr, auch wenn sie nie geschehen ist«, endete ich mit dem Spruch, den mein Maistir Tegid oft verwendet hatte.

Cú legte mir den Kopf in den Schoß und seufzte wohlig. Branna, des langen Stillsitzens müde, hüpfte um uns herum und gab allerlei Laute von sich.

Ich drehte mich nicht um, um nach dem Mann zu sehen. Ich blickte schweigend in die Weite des Tales.

Langsam fühlte ich die Kraft in mich zurückkehren.

Dann würde ich heute eben noch hier bleiben.

Erneut hatte ich mich von dem Verschlag entfernt. Der Mann hatte kein Wort gesagt, als ich meine Braccae und meinen Peplos zum Trocknen über das Dach seines Unterstands gelegt hatte. Ich war dem Bach ein Stück bergauf gefolgt, wo ich mich unbeobachtet fühlte, und hatte dort mich, die beiden Gewandstücke und die blutigen Verbände gewaschen. Auch die Stiefel aus Hasenfell hatte ich beim Eingang neben dem Feuer stehen lassen, der Wind war so mild heute, dass meine dünnen Bundschuhe reichen würden, um meine Füße vor den spitzen Steinen ringsum zu schützen. Mein Herz hatte geklopft, als der Mann auf mich zutrat und mich mit einem finsteren Blick betrachtete. Doch er war einfach in seinen Verschlag gekrochen und mit seinem Hirtenstab wieder heraus gekommen. Seine Hände, die sich um das gewundene Holz des Stabs schlangen, sahen entzunden aus. Er nickte mir kaum merklich zu und verschwand mit den Ziegen hinter dem Felsvorsprung.

Ich war in die andere Richtung gegangen. Nach einer Weile fand ich einen schmalen Pfad, der talwärts führte, und folgte ihm, bis ich die ersten kleinen, windgepeitschten Bäume erreichte. Knorriges Nadelgehölz, aber Bäume. Ich kniete vor dem ältesten davon nieder, seine Rinde war grau und rissig und bot mir den Blick auf rotglänzendes Holz darunter. Es erinnerte mich an die aufgeschürften Hände des Mannes, duftete aber wunderbar. Ich legte meine Nase an den Stamm, trank den lieblichen, würzigen Geruch.

Einst hatte Tegid mich als kleines Kind in einem Wald im Gebiet der Silurer gefunden, zwischen den Wurzeln einer Ulme, und die Bäume waren immer meine engsten Vertrauten geblieben. Die einzigen, die mich immer begleiteten. Ich dankte den Göttern, dass ich am Leben war. Dann zog ich die Hanfschlinge aus meinem Gürtel. Aufgeregt sprang Cú auf, wedelte mit dem Schwanz. Ich lächelte.

»Ja, lass uns diesem Griesgram zeigen, dass auch wir für Essen sorgen können.«

Gemeinsam mit Cú, Branna und der Steinschleuder gelang es mir, zwei weiße Hasen zu erlegen. Einen davon überließ ich nach einem Dankgebet meinen beiden Begleitern, die sich gierig darüber hermachten. Mit einer Schlinge, die ich aus langen, gelb-blassen Wintergrashalmen flocht, band ich mir die Beute an den Gürtel.

Auf dem Weg zurück ins Lager des Mannes jedoch geschah es, dass ich beim Versuch, ein paar würzige Blättchen zu pflücken, die mich an Quendel erinnerten, den Halt auf dem Geröllfeld verlor und drohte, abzurutschen. Mein Haselstab kullerte davon. Branna flatterte erschrocken in die Höhe, Cú bellte, während ich bäuchlings davonrutschte, bis knorrige Büsche meine Abwärtsbewegung stoppten. Einen langen Augenblick blieb ich keuchend liegen, die Stirn gegen den Boden gepresst. Nein, ich würde nie Liebe für die Berge empfinden, selbst wenn die Aussicht schön sein mochte.

Vorsichtig kroch ich wieder zu meinen Gefährten zurück, rutschte immer wieder ab, erreichte endlich wieder festeren Untergrund.

Cú schleckte mir das Gesicht, als ich wieder neben ihm saß. Mein Kleid hatte gelitten, meine Knie waren aufgeschürft, doch lange nicht so schlimm, wie es dem Mann mit seiner Ziege ergangen war. Der Hase hatte die Rutschpartie halbwegs unbeschadet überstanden, bis auf den grauen Staub, der nun sein einst schneeweißes Fell bedeckte.

Aber das Schlimmste war, dass meine kleine Axt verschwunden war. Ich sah den Hang hinab, der hinter den knorrigen Büschen steil abfiel. Dort unten lag sie nun wohl in einer Schlucht, unerreichbar. Meine Axt, die neben meinem Messer zu meinem wichtigsten Besitz gehörte, um Holz zu machen oder Knochen zu zerhacken. Die Götter hatten gewiss ihren Spaß daran. Ich biss die Zähne aufeinander, um nicht vor Wut aufzuschreien. Diese Freude würde ich den Göttern nicht machen. Musste es von nun an eben ohne Axt gehen.

Kapitel 7

Eine erstaunliche Bitte

Ich zog meinen Peplos über das in Mitleidenschaft gezogene Kleid, Wind und Sonne hatten das dünne Leinengewebe getrocknet, während ich unterwegs gewesen war. Am Weg zurück hatte ich noch an Astwerk gesammelt, was ich gefunden hatte, und genoss nun das fröhliche Spiel der Flammen, das der Kälte der beginnenden Abenddämmerung entgegenwirkte. Der Hase war gehäutet und ausgenommen und steckte, mit Kräutern gefüllt, auf einem Spieß. Das spärliche Fett, das in die Flammen tropfte, zischte. Branna und Cú hatten die Innereien verschlungen, als hätten sie nicht erst vor Kurzem einen ganzen Hasen gefressen.

Der Mann stockte, als er mit seinen Ziegen im letzten Tageslicht zurückkehrte. Einen langen Augenblick blieb er in einiger Entfernung stehen, starrte auf mich und das Feuer. Die Ziegen zogen an den Riemen, drängten zu dem Bach hin.

Er nickte, als er neben mir vor seinem Verschlag Platz nahm und ich ihm Stücke des gebratenen Fleisches reichte. Ich meinte, im Widerschein der Flammen so etwas wie Hochachtung in seinem Blick zu erkennen. Es verwunderte mich, dass es mich freute, mehr noch, wie rasch ich in Verärgerung verfiel darüber. Hätte er mir es denn nicht zugetraut, dass ich ein Tier erjagte? Wie, hatte er angenommen, dass ich bis jetzt überlebt hatte?

Ich beschloss, mir das Essen nicht verderben zu lassen. Ich genoss das frische, helle Fleisch, das so viel zarter war als das Reh, oder was immer es war, das in seinem Lager unter den Steinen halb getrocknet war.

»Du erzählst deinen Tieren Geschichten?«

Ich fuhr überrascht hoch, als der Mann plötzlich sprach. Seine Stimme war so brummend, als hätte er sie lange nicht benützt.

»Ja. Ich bin Bardin.«

Mein Finger glitt an meine Schläfe zu den drei blauen Punkten knapp über der feinen weißen Narbe, die quer über meine Wange lief. Meist scheute ich mich, diese Bezeichnung zu benützen. In Gallien war es lebensgefährlich. Auch empfand ich mich nicht mehr so recht als Bardin, seit ich keine Leier mehr besaß. Von Zeit zu Zeit aber, wenn ich sicher war, keinem Römer gegenüber zu sitzen – und wo sollten hier, in den helvetischen Bergen, Römer herkommen? – dann war diese Bezeichnung doch noch oft von Nutzen. Das Ansehen, das mit dem Wort Barde einherging, hatte mir schon das eine oder andere Mal gute Dienste erwiesen.

Der Mann sah mich verständnislos an.

»Sowas haben wir bei uns nicht«, sagte er kauend.

»Ihr habt keinen, der bei euch Geschichten erzählt und Lieder singt?«

Er schnaubte. »Jeder tut das. Braucht keinen, der nur das macht. Ein unnützes Fressmaul, wie sie's dort haben, wo sie sich für was Besseres halten.«

Ich zwang mich zu lächeln. Ich war lange genug unterwegs, um Stämme mit anbetender Hochachtung für Barden erlebt zu haben, und solche, denen es nichts galt. Aber auch die letzteren fanden meist Gefallen an meinen Geschichten.

Ich war auch lange genug unterwegs, dass ich schon so viele verschiedene Stammesdialekte gehört hatte, dass mir das kehlige, raspelnde Brummen des Mannes nicht schwer verständlich war.

»Aber gewiss habt ihr einen, der die Geschichte eures Stammes bewahrt, der den Kindern weitergibt, was einst in eurem Dorf geschehen ist.«

»Was willst bewahren? Dass einer beim Holzmachen vom Baum erschlagen wurde? Dass ein Schaf sich den Haxen brach?« Er schüttelte den Kopf, ließ ein bitteres Lachen hören. Aber immerhin sprach er mit mir. Sprach von einem Dorf, einer Sippe. Meine Neugierde wuchs, was wohl hinter seiner Einsamkeit hier auf dem Berg stand.

Ich nagte einen Knochen ab und warf den Rest Cú zu. Der Mann beobachtete den Hund, wie er den kleinen Knochen zerbiss und wieder ausspuckte, dass die Rabin leichter an das nahrhafte Mark herankam. Er nickte, wohlwollend fast.

»Kannst aber ruhig wieder erzählen«, sagte er und warf nun auch die Knochen seines Hasenstücks Cú zu.

Nun kam mein Lächeln von Herzen. Der Macht der Geschichten konnte sich nur selten jemand entziehen.

Ich nickte leicht und überlegte, welche Geschichte wohl die beste wäre, während ich meine Finger abschleckte, an denen der Saft des Hasenbratens klebte.

Ich wusste wenig über mein Gegenüber und so beschloss ich, den Gott Ogmios meine Zunge führen zu lassen, mir die rechte Geschichte zu schenken.

»*Einst*«, begann ich, noch nicht wissend, wohin der Gott der Redekunst meine Worte lenken würde, »*gab es ein Bergmassiv, so hoch, dass die Gipfel selbst im Sommer immer weiß von Schnee und Eis waren. Drei Spitzen, weiß und eisig, verbunden durch eine Wüste aus Steinen, standen da, und man nannte sie die Weißen Frauen, denn es waren mächtige Berggeister. Doch inmitten dieser Geröllwüste, genau unterhalb des Bereichs, der nur noch Eis und Schnee war, erstreckte sich seit undenklichen Zeiten eine Wiese, ein sanftes, grünes, mit unzähligen Blumen bedecktes Land.*«

Der Mann lehnte sich zurück, den Kopf an den großen Felsen gestützt. Die Geschichte, die meine Lippen zu erzählen begonnen hatten, war mir vor zwei Wintern begegnet, ein großes Stück weiter im Südwesten. Damals war mir solch ein Land, das selbst im Sommer unter Eis und Schnee lag, noch unvorstellbar gewesen. Die letzten Monde hatten meine Ansicht darüber gründlich geändert.

»*Sie waren gütige Wesen, die drei Bergfrauen, deren Wiesen dies waren. Oft stiegen sie hinab, wenn ein Kindlein geboren* war, und segneten es. Doch sie konnten auch unbarmherzig sein. Wie Frauen nun mal so sind«, fügte ich hinzu, um der Geschichte ein wenig Leichtigkeit zu geben. Und um zu sehen, ob er darüber lachte oder nicht. Er verzog den Mund zu einem leichten Grinsen.

»*Eines Tages gelangte ein fremder Jäger in diese Gegend und was er sah, ließ ihn sprachlos staunend stehenbleiben. Nicht nur die prächtige Blumenwiese erfüllte ihn mit Ehrfurcht, viel mehr noch die Herde weißer Gämsen, die darauf graste, angeführt von einem Gamsbock, schneeweiß, mit mächtigen, goldenen Hörnern. Kaum hatte er sich von seinem Staunen erholt, packte ihn auch schon die Sehnsucht. Er riss seinen Bogen vom Rücken und legte einen Pfeil ein. Er musste diesen Gamsbock sein eigen nennen. Doch noch ehe er die Sehne gespannt hatte, ertönte eine weibliche Stimme: ›Flieh, Taro, flieh!‹ und die ganze Herde stob davon. Der Jäger ließ verärgert den Bogen sinken, da grollte die Stimme wie drohender Donner: ›Wage nicht, unsere weiße Herde anzurühren! Du magst willkommen sein in unseren Landen, magst dich an den Blumen und Gämsen erfreuen, sie auch jagen, nur die weiße Herde, die rühre nicht an, wenn dir dein Leben lieb ist!‹ Der Himmel, der sich verdunkelt hatte, erhellte sich wieder, und egal, wie sehr der Jäger rief, dass sich die Stimme doch zeigen möge, alles blieb still und er musste sich wieder auf den Weg hinab ins Tal machen, wollte er nicht oben am Berg von der Nacht eingeholt werden.*«

Der Mann schob ein paar magere Äste ins Feuer, die Flammen fuhren in die Höhe.

»*Du kannst dir gewiss denken, dass die Sache ihm keine Ruhe ließ, und als er in eine Speisewirtschaft kam, da erzählten ihm die Wirtsleute, was es mit der Wiese und dem Gamsbock auf sich hatte. Wer versuchte, ihn zu töten, wer ihn verletzte, der wäre selbst des Todes. Der Bock selbst würde keinen Schaden nehmen, wäre er nur verletzt, aus jedem seiner Tropfen Blut erwuchs eine seltene, tiefrote Blume, und deren Verzehr heilte den Bock augenblicklich wieder.*«

Der Mann schnalzte mit der Zunge. Cú sah erstaunt auf und auch Branna legte bei dem Geräusch den Kopf schief. Sie machte es sogleich nach, sodass es mir schwerfiel, den nächsten Satz mit dem nötigen Ernst zu sagen.

40

»Wer es jedoch schaffte, den Gamsbock mit einem Schuss ins Herz zu töten und ihm das Goldgehörn abbrach, der könne damit den Zugang zu einer geheimen Höhle im Berg öffnen, in der sich Reichtümer befanden, wie sie der mächtigste Reix nicht besaß.«

Der Mann schnalzte erneut und schien Gefallen daran zu haben, dass Branna ihm antwortete.

»Natürlich reizte dies den fremden, jungen Jäger. Er wäre gewiss erneut auf den Berg gestiegen, hätten die Wirtsleute nicht eine junge hübsche Tochter besessen, die es dem Jäger angetan hatte. Und er es ihr. Ihre Eltern wollten jedoch von dieser Verbindung nichts wissen, und so trafen sie sich heimlich zu heißen Küssen, bis andere Männer kamen, um um die Wirtstochter zu buhlen. Und als einer von denen ihr Schmuck bot, und der junge Jäger das Gefühl hatte, Schmuck und Reichtum könnten seine Liebste und deren Eltern umstimmen, da … nun, da stieg er erneut hinauf auf den Berg, bis dorthin, wo die Wiese der Weißen Frauen sich erstreckte. Mochten ihre donnernden Stimmen ihn warnen, was sie wollten, er legte sich auf die Lauer, und als die weiße Herde erschien, spannte er seinen Bogen und zielte auf das Herz des Gamsbocks.«

Die Finger meines Zuhörers spielten mit dem Saum seiner Camisia. Ich spürte, wie angespannt er war und musste schmunzeln. Noch nie hätte ich erlebt, dass Männer nicht die Luft anhielten, wenn ich von einer Jagd und dem Moment des Schusses erzählte.

»Getroffen sank der Gamsbock zu Boden, die Herde flüchtete. Doch noch ehe der Jäger zu dem Tier eilen konnte, hatte dieses sich aufgerappelt und folgte schwankend den anderen Gämsen. Der Jäger eilte hinterher, die Spur war leicht zu finden, denn jeder Blutstropfen, den der Gamsbock verlor, verwandelte sich augenblicklich in eine dunkelrote Blume. Immer höher ging es, in immer unwegsameres Gelände, doch der Jäger konnte nicht umkehren, sein ganzes Denken, sein ganzes Sein erfüllt von dem Bedürfnis, die goldenen Hörner des Gamsbock zu erhalten.«

Ich schwieg. Der Mann sah zu mir auf, ungeduldige Fragen in den Augen. Ich lächelte leicht.

»Man hat ihn nie wieder gesehen. Die Wirtstochter wartete

41

den ganzen Winter hindurch auf ihn. Als mit der Schneeschmelze hunderte blutrote Blumen im Bach den Berg herab trieben, machten sich die Männer auf, nach dem Jäger zu suchen. Sie fanden ihn nicht. Sie fanden aber auch nicht die Wiese der Weißen Frauen. Wo die einst gewesen, erstreckte sich nur Geröll und Felsen, wüst und öd. Jemand wollte wissen, dass der Gamsbock, ehe er seinen Verletzungen erlag, den Jäger in eine Schlucht gestoßen hätte. Und dass die Weißen Frauen deshalb die Gegend verlassen hatten, auf ewige Zeiten. Aber wer weiß. Vielleicht sitzt er auch alleine in der Höhle voller Schätze, reicher als der reichste Reix, und kann nicht wieder hinaus ...«

Der Mann ließ ein unzufriedenes Grunzen hören.

»Besser, er hätts gar nicht versucht«, brummte er.

Wir schwiegen, meine letzten Worte klangen noch sanft in der Dunkelheit nach. Cú gähnte.

Der Mann nickte und ging ohne ein weiteres Wort nach hinten in den Verschlag, legte sich auf sein Lager und zog die Decke über seine Schultern.

Der Schlaf wollte nicht zu mir kommen. Die Luft im Verschlag fühlte sich stickig an, und obwohl das Mümmeln der Ziegen und das regelmäßige Atmen des Mannes und Cús etwas Beruhigendes hatte, konnte ich nicht und nicht einschlafen. Wann immer ich die Augen schloss, sah ich das drecksverkrustete Gesicht des Mannes vor mir, der sich nahe über mich beugte. Ich meinte, immer noch seinen Atem zu riechen, der nach Schnee und Wald roch, obwohl es hier heroben keinen Wald gab.

Irgendwann erhob ich mich und kroch ins Freie. Cú hob sofort seinen Kopf, als ich mich bewegte, doch ich hieß ihn, liegen zu bleiben. Er legte seine Schnauze auf seine Pfoten und sah mir mit aufgestellten Ohren nach.

Die Nacht war sternenklar und dennoch mild, ich meinte, den Frühling regelrecht riechen zu können. Der Bach neben dem Verschlag gurgelte lauter, als es untertags zu hören war, es schien mir auch, als wäre er breiter geworden. Gewiss schmolz weiter oben der Schnee.

Ich setzte mich etwas von dem Unterstand entfernt in das feuchte, von den Ziegen abgefressene Gras. Bald würde auch hier alles grün werden, seine blassbraune Winterfarbe verlieren. Auf der Wiese weiter den Berg herum schoben sich ja schon die ersten Kräuter und Gräser hoffnungsvoll der Wärme entgegen.

Ich blickte in die Weite des Himmels hinauf. So nahe wie die letzte Zeit war ich den Sternen wohl noch nie gewesen. Meine Augen fanden das Dreigestirn, meinen treuesten Freund am Nachthimmel der dunklen Zeit des Jahres. Das waren wir – die Bardin, der Wolfshund und die Rabin. Nahe beisammen in den Weiten der Unendlichkeit.

Als ich ein Kind war, hatte der Druide der Silurer versucht, mir die Namen der Sterne nahezubringen. Er hatte gehofft, ich würde meine Ausbildung fortsetzen und eines Tages seine Schülerin werden. Doch ich hatte damals keine Begeisterung für den Himmel empfunden, ich fand die Geschichten, die Tegid mir über die Menschen und das Leben in den Wäldern, Seen und Bergen erzählte, viel spannender. Außerdem hatte ich kein Bestreben, Druidin zu werden. Ich war Tegids Tochter, zwar nicht die Frucht seiner Lenden, aber die seines Geistes und seiner Zuwendung.

Mein Blick ruhte auf der dünnen Mondsichel, die kalt am Himmel stand. Meine vielgehasste Freundin. Die Mahnerin, die mir mit ihrem Wachsen und Schwinden anzeigte, wann ich einen Ort zu verlassen hatte. Das beständige Licht, das mich weiter und weiter durch die Welt hetzte. Doch ohne die Mondgöttin ... wie oft hätte ich wohl ein Gefühl für die Zeit verloren, wie vielen Menschen wäre wohl schon meinetwegen Übles widerfahren, würde die Mondgöttin mich nicht Nacht für Nacht an das Vergehen der Tage gemahnen.

Ich schmunzelte. Dünn war die Mondgöttin diese Nacht, so dünn wie ich. Vor drei Nächten war Dunkelmond gewesen, nun wuchs der Bauch der Göttin wieder, frisch gestärkt nach der Ruhe ...

Ich zog meinen Umhang enger um mich und starrte in die Dunkelheit, unendlich einsam auf dem Steilhang des Berges.

Ich hörte tapsende Schritte hinter mir, erkannte allein am Geräusch Cú. Der Hund blieb einen Augenblick neben mir stehen, streckte sich, den Kopf nahe dem Boden, das Hinterteil hoch in die Luft gestreckt. Ich liebte diese Bewegung, sie entlockte mir immer ein Lächeln, besonders das leise *Plumps*, mit dem der Hund sich dann neben mir niederließ. Zufrieden gähnte Cú.

Ich kraulte ihn hinter den Ohren.

»Wie gut, dass ich dich habe ...«

Sein Gähnen wirkte ansteckend. Meine Angst vor dem Einsiedler war geschwunden. Ich hatte Cú, ich hatte Branna. Sie wachten über mich, besser als ein Krieger es könnte.

Und morgen würden wir uns hinab ins Tal machen.

»Komm, Cú, lass uns schlafen gehen.«

Ich erhob mich. Der Hund folgte mir missmutig, wirkte beinahe beleidigt, dass er so rasch wieder aufstehen musste.

Kapitel 8

Milch

Latobio beobachtete die Fremde, als er zeitig am Morgen aus seinem Verschlag kroch. Sie drehte sich neben dem Bach im Kreis, schneller und schneller, während ihr zotteliger Hund um sie herumhüpfte und der Rabe über ihr flatterte. Verrücktes Weibsbild. Der Berg machte sie alle kopfkrank. Sie hielt inne, schwankend, öffnete die Augen und blickte genau auf ihn und seinen Unterstand. Die Ziege neben ihm meckerte.

Mit ihren großen Augen starrte das Weib ihn an. Lange. Der Hund hatte sich neben sie gesetzt und sie kraulte ihn geistesabwesend hinter dem Ohr. Der Rabe landete auf ihrer Schulter, rieb seinen Schnabel in ihrem Gesicht, doch sie schien es kaum zu merken.

Latobio spürte den Zug der Ziegen an ihrem Lederriemen. Seine Hände schmerzten noch immer, genau wie seine Knie. Missmutig dachte er daran, was wohl geschehen wäre, wenn diese Verrückte ihm nicht den Abhang hinaufgeholfen hätte. Zumindest die Ziege hätte er verloren. Grad die junge, die noch Milch gab. Lächerlich wenig Milch. Vielleicht wurde es wieder besser, wenn die Kräuter wuchsen. Das Gras. Aber wahrscheinlich würde es versiegen. Ohne Bock und Kitz. Die Alte hätte er besser gleich im Dorf lassen, damals, im Herbst. Ein bisschen würde er sie noch auffüttern, jetzt, im Frühling.

Die fremde Frau mit ihren beiden Begleitern kam zu ihm an den Bach, wo die Ziegen tranken. Sie lächelte. Ein hartes Lächeln war das. Wie sein Nachbar Bormo, wenn er einen um was bitten musste.

»Die Götter wollen, dass ich einen weiteren Tag bleibe«, sagte sie. »Drei ... die liebste Zahl der Götter, nicht wahr?« Er zuckte die Schultern. Was sollte er tun? Sie wegschicken? Der Berg gehörte allen.

Sie betrachtete ihren Hund, der sich neugierig den Ziegen näherte. Die beiden beachteten ihn kaum.

»Sie sind Hunde gewöhnt ...«, sagte die Fremde nachdenklich. Dann riss sie sich von dem Anblick los. »Es ist ein prächtiger Tag heute, so mild und warm. Der dritte Tag ... und ich weiß noch immer nicht deinen Namen.«

Latobio zog an dem Riemen an, um die Ziegen zum Gehen zu bewegen. Er murmelte vor sich hin, nahm seinen langen Stab und schritt quer zum Berghang der kargen Wiese zu, auf der er die Ziegen gerne weiden ließ.

Die Frau folgte ihm, der Rabe auf ihrer Schulter krächzte fröhlich.

Als er auf der Wiese die beiden Tiere angepflockt hatte und sich ins blasse Wintergras setzte, kniete sie direkt vor ihm nieder und sah ihn mit hochgezogenen Augenbrauen an. Das Haar mit seiner ungewöhnlichen Farbe hatte sie zu einem langen Zopf geflochten. Sie trug kein Tuch darüber und es glänzte in der Sonne.

Er wandte den Kopf ab.

»Latobio«, sagte er.

»Latobio«, wiederholte sie, und es klang warm und weich aus ihrem Mund. Sie sprach so anders als er. So wie manche Händler, denen er früher hier und da begegnet war, wenn er vom Dorf hinab zum Markt gegangen war.

Sie schwiegen wieder und betrachteten die Ziegen, die sich über die Frühlingsgräser hermachten. Der Hund hatte sich neben seiner Herrin ausgestreckt, hielt seinen Bauch in die Sonne. Es tat gut, sich durchwärmen zu lassen.

Erstmals fühlte er sich wieder lebendig, nach all den finsteren, eisigen Monden.

Die Fremde neben ihm lachte. Sie hatte ihm ihren Namen genannt, aber er hatte ihn wieder vergessen. »Deine Ziegen fressen, als gelte es ihr Leben!« Sie stockte, schüttelte staunend den Kopf. »Es gilt ihr Leben.« Sie lachte erneut, wie ein Kind, das sich freut, etwas von der Welt verstanden zu haben.

Latobio erhob sich und band die kleine hölzerne Schale von seinem Gürtel. Ihr Lachen hatte etwas tief in ihm angerührt. Zum Klingen gebracht, wie die Metallblättchen, die sie zu Beltane den Schafen und Ziegen umbanden. Frühlingsgeläut ... Viel Milch gab die Ziege nicht, kaum die kleine Schale voll. Er hielt sie der Fremden hin, sie sah ihn mit staunenden Augen an. Er machte eine auffordernde Bewegung mit dem Kopf.

Sie trank, einen zaghaften Schluck, die Augen auf ihn gerichtet. Legte den Kopf in den Nacken, die Lippen zu einem Strahlen verzogen.

»Du hast keine Ahnung, wie lange ich keine Milch mehr getrunken habe!«, sagte sie. »Wie Nektar läuft das die Kehle hinunter!«

Sie reichte ihm die halbleere Schüssel zurück, doch er schüttelte den Kopf.

»Kannst alles trinken. Kannst es brauchen.«

Sie leerte die Schale beinahe andächtig, einen kleinen Schluck nach dem anderen. Mit dem Finger wischte sie noch die letzten Tropfen aus dem polierten Holz.

Es gefiel ihm, sie so zu sehen. Es gefiel ihm, dass jemand Freude hatte an dem, was er zu bieten hatte.

Sie ließ sich mit geschlossenen Augen zurück ins Gras fallen. »Das ist der beste Tag seit vielen Monden«, sagte sie.

Er betrachtete sie.

Sie lag da wie ein Weib in den Umarmungen eines Mannes, dabei war es nur der Sonnengott, der ihre Knochen wärmte. Vielleicht war sie doch eine Göttin.

Der Anblick wurde ihm unerträglich und er setzte sich weiter hangaufwärts ins Gras, ließ die Augen über die Weite des Landes schweifen.

Müde machte einen die warme Sonne, so ungewohnt noch. Er legte sich zurück ins Gras und schlief ein.

Kapitel 9

Die Ziege

Ich erwachte von Cús Gebell, von dem Meckern einer Ziege und den Flüchen Latobios. Verwirrt sprang ich auf. Ich sah die ältere der beiden Ziegen, mager und struppig, den Kopf vorgereckt und erbärmlich schreiend. Ich sah Latobio an der Kante der Wiese, wo ein paar knorrige Büsche das sanftere Hangstück säumten. Ich eilte zu ihm, Cú auf meinen Fersen, Branna aufgeregt kreischend über mir.

Die Ziege, deren Milch ich erst vorhin getrunken hatte, hing knapp unter der Kante des Abhangs in einem der knorrigen Büsche fest, das Lederseil straff um ihren Hals gespannt. Die schmalen schwarzen Schlitze in ihren Augen waren panisch geweitet, der Mund wie zu einem Schrei geöffnet.

Latobio hatte sich auf den Bauch gelegt, reckte seine rotgeschwollenen Hände nach den Hörnern des Tiers. Ich warf mich neben ihn, ohne ein Wort fasste er mich an den Beinen, schob mich ein Stück weiter hinab. Ich bekam die Hörner des Tieres zu fassen, Latobio zog an mir, ich an der Ziege. Keuchend lagen wir kurz darauf nebeneinander im Gras.

Ich musste lachen, atemlos und erleichtert, als das Tier ein heiseres Meckern von sich gab.

»Das wird ja noch direkt zur Gewohnheit!«, sagte ich.

Latobio sprang auf, nahm die Hände von mir, die mich noch immer gehalten hatten, als hätte er sich verbrannt.

Cú schleckte der zitternden Ziege über das Gesicht, ich scheuchte ihn weg. Das Tier brauchte nicht noch mehr Aufregungen.

Dann sah ich es, im selben Augenblick wie Latobio. Das eine Hinterbein der Ziege stand seltsam verbogen ab. Ich erhob mich, langsam, vorsichtig, denn ich wollte das Tier nicht erschrecken. Mir wurde mulmig zumute, als ich Latobio betrachtete. Der sonst so ruhige Hirte war wie verwandelt. Wie von Sinnen rannte er ein paar Schritte von seiner Ziege weg, kehrte zurück, raufte sich die Haare. Er fluchte und schrie, dass es von den Bergen zurückhallte, als wäre eine Kriegerbande in den Felsen versteckt.

Er stürmte auf mich zu und ich meinte, er würde mich schlagen. Cú stellte die Nackenhaare auf, knurrte drohend. Branna stieß kreischend vom Himmel herab, flatterte direkt über meinem Kopf. Ich duckte mich nicht, obwohl der Hirte seine Hand bereits zum Schlag erhoben hatte.

Ich blickte ihm in die Augen und sah die Tränen, die ihm in seinen Bart rannen. Er keuchte, hielt mit erhobenem Arm inne. Er schien weder den knurrenden Hund noch den kreischenden Raben zu bemerken, starrte nur mich an. Sein Blick verlor sich im Nichts, ein Schauder ging durch ihn und er wandte sich ab, der Ziege zu.

Beim Kopf des Tieres kniete er nieder und streichelte unter vielen zärtlichen Worten das braune Fell. Dann griff er zu und mit einem raschen Ruck hatte er dem Tier das Genick gebrochen.

Ein letztes Zucken lief durch die Ziege.

Cú winselte kurz, die andere Ziege verstummte.

Einen langen, ewig langen Augenblick stand das Leben still. Latobio kniete, den Kopf gesenkt, starrte auf das tote Vieh. Niemand rührte sich, selbst Branna schien in der Luft stillzustehen, die Flügel weit ausgebreitet, ehe sie sich von einem Windstoß davontragen ließ.

Ich trat vorsichtig an Latobio heran und legte ihm zart die Hand auf die Schulter.

»Grad sie«, sagte der Mann leise. »Sie, die noch ein wenig Milch gegeben hat.«

Schwerfällig stand er auf und ließ den Blick zu der älteren Ziege gleiten. Die hatte inzwischen wieder zu grasen begonnen, als wäre nichts geschehen.

»Verdammtes Viehzeug.«

Er bückte sich und hob den toten Körper auf seine Schultern. Ich nahm den Lederriemen der anderen Ziege, sie sträubte sich zwar, die Weide bereits zu verlassen, doch Cú trieb sie von hinten an.

Schweigend gingen wir zurück zu dem kleinen Verschlag. Lautlos sandte ich ein Gebet an die Götter, wie ich es immer tat, wenn ich auf der Jagd gewesen war. Doch dann wurden die Worte weniger zu einem Dank, denn zu einer Bitte. Der Bitte, dem Hirten nicht noch mehr zuzumuten.

Der Kopf der toten Ziege auf seinen Schultern hüpfte bei jedem Schritt in dem felsigen Gelände auf und ab.

Kapitel 10

Das Geständnis

Wir hatten gemeinsam die Ziege gehäutet und ausbluten lassen, hatten ihr Fleisch in grobe Brocken geteilt und den größten Teil davon zu den Resten des deren Wilds in die kalte Grube unter den Steinen gelegt. Die ganze Zeit hindurch waren Latobio die Tränen herabgeronnen, und da ich es mit keinem Wort erwähnte, hatte er auch irgendwann aufgehört, sie verstohlen wegzuwischen.

Schweigend hatten wir dann abends die Leber und das Hirn gegessen, während sich Cú und Branna über die Nieren und den Magen hermachen durften. Lange hatte Latobio den Darm der Ziege betrachtet, als überlege er, Würste zu machen, doch dann hatte er ihn nur im Bach ausgewaschen und zum Trocknen über das Tannenreisigdach des Verschlags gelegt, ehe er sich auf sein Lager zurückzog.

Das Feuer gloste nach wie vor sanft, und ich versuchte zu schlafen. Die alte Ziege meckerte leise vor sich hin, fast schien es mir, dass sie nach ihrer Gefährtin rief. Cú hatte sich in dem schmalen Verschlag quer gelegt, sodass sein Kopf bei mir, sein Hinterteil jedoch bei der Ziege lag. Langsam wurde das Meckern leiser und als ich, die Augen an die Dunkelheit gewöhnt, hinüber blickte, meinte ich, den Kopf der Ziege auf Cús Allerwertestem ruhen zu sehen.

»Guter Hund«, flüsterte ich.

Branna saß wie so oft auf meiner Hüfte und schob ihren Kopf unter die Flügel.

Leise war Latobios Atem zu hören.

Mir fielen die Augen zu.

»Ich habe meinen Sohn getötet«, sagte Latobio in die Stille hinein. Seine Stimme klang weit entfernt und ich wusste nicht, ob er zu mir sprach. Ich öffnete die Augen und starrte in die Dunkelheit. Im ersten verschlafenen Augenblick dachte ich an alte Legenden, in denen Kinder in Tiere verwandelt wurden, und fragte mich, warum sein Sohn zu einer weiblichen Ziege geworden war. Dann war mein Kopf wach genug, dass mir klar wurde, dass der Tod der Ziege und der des Sohnes zwei verschiedene Angelegenheiten waren.

»Viele Männer nehmen ein geborenes Kind nicht an. Jedem Mann steht es zu, das im Sinne des Wohlergehens seiner Sippe zu entscheiden«, sagte ich schließlich.

Tegid hatte mich einst im Wald gefunden. Ich war zu alt gewesen, als dass mein Vater mich nach der Geburt ausgesetzt haben konnte, und oft hatte ich überlegt, was wohl die Gründe gewesen waren, ein knapp zweijähriges Kind alleine im Wald zurückzulassen.

Ich hörte ein Knacken des Reisigs auf Latobios Lager.

»Nein«, sagte er. »Mein Weib ist ein gutes Weib.«

Als ob nur die Wertigkeit eines Weibes darüber bestimmte, ob man ihr Kind annahm, dachte ich, sagte aber nichts.

»Hat mir sieben Kinder geboren«, fuhr Latobio fort, immer noch mehr zu sich selbst, wie es mir schien. »Das fünfte war endlich ein Sohn. Ein guter Junge. Er zählte sieben Sommer, dünn, aber groß, klug und fleißig, als zähle er zwei-mal-fünf. Er war mit der Schleuder geschickter als alle anderen im Dorf.«

Latobio schwieg. Ich wagte nicht, mich zu bewegen.

»Ich war ein anderer Mann noch letzten Herbst. Nicht wie du mich da siehst. *Latobio mit der starken Hand* nannten sie mich. Konnte den Schafbock bändigen, selbst wenn er sprüngig war. Geschickt war ich auch. Und heut kann ich keine Ziege am Riemen halten …«

Ich wandte ihm den Kopf zu.

»Was ist geschehen?«

»Ein Winter am Berg, das ist geschehen. Du warst wohl auch nicht immer so ein dünnes Gestell.«

Ich musste lächeln. »Nein. Aber groß und stark war ich nie, eher klein und zäh.«

»Sind die Besten«, brummte Latobio. »Fressen nicht so viel und leisten genug, zumindest bei den Ziegen. Nur schmecken tun's nicht so gut wie die fetten.«

Ich setzte mich langsam auf. Branna keckerte missmutig und suchte sich einen neuen Sitzplatz auf Cús Rücken.

»Dein Sohn …«, sagte ich mit einem leicht fragenden Ton. Ich wollte diese Geschichte hören.

Auf Latobios Lager raschelte es. Ich konnte im Dunkel wenig erkennen, meinte jedoch, dass er sich auf den Rücken gedreht hatte und das Astdach über sich anstarrte. Seine Stimme bekam wieder einen schwebenden Ton, wie Wolken an einem windigen Tag.

»Beim Nachbarn war ich. Der Tag zu Ende des Sommers, an dem Dunkel und Hell einander nicht überbieten. Ein Festtag. Er hat das beste Bier im Dorf, der Nachbar. Das weiß er auch. Hat sich lustig gemacht darüber, dass meines immer bitter ist. Und so wenig. Hab eben nicht so viel Hirsefeld wie er … Getrunken haben wir, gefeiert. Als die Sonne unterging, bin ich heim. Ist ja auch ein Tag, an dem Mann und Weib im Bette den Gleichklang von Sonne und Nacht feiern. Hab gehofft, ihr ein Kind zu machen, einen weiteren Sohn, ist eine gute Zeit dafür, wenn die Kinder dann im Sommer geboren werden … Rauschig war ich und sprüngig wie ein Bock, der eine brünftige Geiß riecht …«

Er schwieg.

Ich biss mir auf die Lippen. Geschichten zu sammeln, das war mein Leben. Ich würde keine Ruhe finden, ehe ich nicht wusste, was an jenem Abend geschehen war.

Endlich sprach Latobio weiter und seine Stimme klang trauerschwer, jedes Wort kämpfte sich aus seinem Mund wie ein Sack Korn, den man auf einen Wagen hievt.

»Geschickt hab ich ihn, noch Bier aus der kühlen Grube hinterm Haus zu holen. Für die Frau. Für ein Fruchtbarkeitsopfer. Gestolpert ist er dann mit dem vollen

Krug, vor meinen Füßen. Der Krug zerbrach. Das Bier ergoss sich über den Boden. Als wär's nicht zu mehr wert, als verschüttet zu werden. Fast hab ich den Nachbarn lachen gehört. Und hab zugeschlagen. Nicht mit dem Riemen hinten drauf. Einfach ausgeholt und voller Wut ... Latobio mit der starken Hand ... Ein Knacken gab's in dem dünnen Hals. Er lag am Boden, mitten im Bier, das sich rot färbte vom Blut ... tot war er ... mein Sohn.«

Ein seltsamer Laut drang aus Latobios Kehle, ein Würgen, das zu einem Aufheulen wurde, einem verletzten Wolf gleich. Cú hob den Kopf, stimmte mit ein, die Schnauze hochgereckt. Schaurig klang es in dem kleinen Verschlag, hallte es von den Wänden der Berge wider. Die Ziege sprang ängstlich auf, Branna kreischte.

Ich streichelte Cú. Gerne hätte ich Latobio getröstet, doch mir fehlten die Worte dafür und der Mut, ihn einfach zu umarmen. Es gab Zeiten für Worte und solche, in denen sie fehl am Platze waren.

Das Heulen verstummte, nur vereinzeltes, stoßartiges Schluchzen war noch eine Weile zu hören.

»Und deine Sippe hat dich verbannt deshalb?«, sagte ich leise. Es war mehr eine Behauptung als eine Frage.

Latobio fuhr hoch, setzte sich auf.

»Nein. So lang wart ich nicht. Die Älteste kam herein, zwei der Ziegen am Strick, um sie für die Nacht ins Haus zu holen. Den Bruder hat sie angestarrt und mich. Dann hat sie geschrien, dass die Frau gekommen ist, die Hände hat sie vor den Mund geschlagen, wie ich da steh, der Bub in seinem eigenen Blut. Selbst hab ich tot sein wollen. Wenn ich schon den Bub erschlag, das Kind, das mir das liebste ist, was mach ich erst mit den anderen, wenn's dumm hergeht? Mein Zeug hab ich gepackt, die zwei Ziegen genommen und bin weg, quer durch die Nacht, dass die andern sicher sind.«

Ich setzte an, etwas zu sagen, doch Latobio lachte bitter auf.

»Und jetzt ist Frühling und ich leb noch immer. Nur die Ziege ist tot. Auch da, die falsche ... Eine wie du kann das alles nicht verstehn.«

»Aber ...«, wollte ich meine Gedanken in Worte fassen.

»Brauchst nichts reden. Gibt nichts zu sagen. Schau nur, dass du wegkommst, ehe ich dich auch noch erschlag wie den Buben. Wie vorhin fast.«

Er drehte mir den Rücken zu. Schwieg, eine Wand der Abweisung um sich, als hätte er schon viel zu viel gesagt.

Ich legte mich wieder hin, den Arm um Cú geschlungen, und starrte auf ein kleines Loch im Tannenreisigdach, durch das ein Stern flackernd hereinschien.

Ich war ihm so viel ähnlicher, als er ahnen konnte. Er hielt sich für eine Gefahr für die Menschen um sich, ich wusste, dass ich eine war.

Aber ich ahnte nun auch, warum die Götter mich hier nicht wegließen.

Der Sonnengott schlief noch tief in seinem Bett, als ich an dem kleinen ebenen Platz neben dem Bach stand. Cú neben mir sah mich abwartend an, sein Schwanz schlug gegen den Boden, während Branna auf meiner Schulter saß und mit dem Schnabel an meinen Haaren zupfte.

Lange stand ich da und blickte in das blasser werdende Grau des Morgens. Cú ließ ein leises, aufforderndes Bellen hören.

»Ich weiß, Cú«, sagte ich.

Dennoch rührte ich mich nicht. Nein, ich würde die Götter nicht nach dem Weg fragen. Ich würde hier bleiben. Es war mir nun klar, weshalb die Götter mich nicht hatten weiterziehen lassen, und erst wenn ich diese Arbeit getan hatte, würde ich gehen. Einen halben Mond vergönnte mir das *cynnedyf* an einem Ort. Ich hatte nicht vor, die volle Anzahl an Nächten auszunützen. Dies hier war kein Ort, den ich bedauern würde zu verlassen. Dennoch machte ich drei Knoten für die bereits hier verbrachten Nächte in das eine Ende der Schnur, die an meinem Gürtel hing. Sieben Knoten pro Schnurende, dann musste ich weiter. Mochte der Mond mir auch Nacht für Nacht das Vergehen der Zeit anzeigen, sicher war sicher, um sich nicht zu irren. Sonst geschah jemandem, der mir nahe stand, großes Leid. Loïc, wo auch immer er nun war. Denn es gab niemanden, der meinem Herzen näher stand als er nach wie vor. Ich ging dieses Wagnis nie ein.

Latobio hatte mein Mitgefühl erweckt, schon lange bevor er mir die Sache mit seinem Sohn erzählt hatte. Ich konnte nicht ermessen, was es heißen musste, das eigene geliebte Kind zu töten. Ich hatte nie ein Kind geboren, obzwar ich öfter mit Männern das Lager teilte. Manchmal einfach nur, weil die Nacht kalt war. Manchmal, weil einem als Frau alleine in der Welt nicht viel anderes übrig blieb. Und manchmal, weil es mir ein Bedürfnis war. Das *cynnedyf* hatte mir die Möglichkeit genommen, sesshaft zu werden und eine Familie zu gründen, einen Ehemann zu nehmen und Kinder zu haben, aber es hatte mir nicht die Bedürfnisse einer Frau genommen. Es war schwer, einsam zu sein.

Latobio hatte vom ersten Tag an diese Saite in mir berührt. Eine einsame Seele, die unter all dem Bart und Dreck wie ich ein quälendes Schicksal trug. Nein, ein schlimmeres Schicksal als ich. Er hatte besessen und alles verloren, ich wusste wohl in vielem gar nicht, was mir entging. Und ich war – zumindest meist – frei zu gehen, wohin der Wind und die Götter mich trieben, es entsprach nicht dem üblichen Gebaren meiner unsichtbaren Anführer, mich in so missliche Wetter und Gegenden zu führen wie diesen Winter.

Ich hockte mich neben Cú, den Arm um seinen Hals.

»Die Götter glauben wohl, ich werde immer stärker. Vor ein paar Jahren hätte ich solch einen Winter nicht überlebt, meinst du nicht auch?« Ich seufzte. »Dabei habe ich selbst das Gefühl, ich werde nur immer müder … die Hoffnung, dass ich Zeichen finde, dass ich meinem Ziel näher komme, wird immer geringer, je mehr Zeit vergeht …«

Ich starrte in die Weite, in der die Dunkelheit langsam dem heller werdenden Morgen wich.

»Ach, sei es, wie es sei. Nun sind wir hier und wir haben heute viel vor …«

Ich richtete mich auf, straffte die Schultern.

Ich wusste, wo ich hingehen wollte.

Aus dem Verschlag war nur das leise Wiederkäuen der Ziege zu hören. Latobio schlief wohl noch oder hoffte, dass ich verschwand, ehe er aus seinem Unterstand trat. Nun, mein

Ziegenfellbeutel und die Rehhaut lagen, wo ich beides als Kopfkissen und Bettstatt benutzt hatte, er würde also wohl davon ausgehen, dass ich wiederkam.

Zuerst ging ich zu der Grube, in der das Fleisch lag. Von dem Wild war nicht mehr viel übrig, insofern hatte sich die Ziege einen guten Zeitpunkt ausgesucht, sich über den Abhang zu stürzen. Vielleicht war auch dem Milchtier das Leben hier langsam zu bedrückend gewesen ... Wider Willen musste ich schmunzeln. Aber was wusste man. Die Götter fanden oft eigentümliche Wege, die Menschen dorthin zu bringen, wo sie hin sollten. Oder zumindest Wege, wie sie der Unterhaltung der Götter dienen konnten ...

Mit meinem Messer schnitt ich die Sehnen von den Hinterläufen der Ziege. Kurz überlegte ich, auch die aus dem Rücken zu nehmen, sie waren länger und kräftiger, aber Latobio würde sie gewiss für andere Zwecke benötigen.

Dann stieg ich wieder dem Bachbett entlang höher den Berg hinauf. Cú wirkte nicht sehr begeistert und ich musste ihm versichern, dass wir bald zurückkämen. Ich konnte ihm nicht verübeln, dass er Sorge hatte vor dem Schnee weiter oben.

Ich erinnerte mich an einen Felsbrocken, der mir dort oben ins Auge gestochen war. Auf seiner Oberseite befand sich eine Mulde, als wir vor ein paar Tagen dort vorbeigekommen waren, stand sie voller Regenwasser, doch nun sollten Wind und Sonne sie ausgetrocknet haben.

Ich nahm in der Mulde Platz, fühlte mich darin geborgen wie in einem Bett, obwohl ich hier schutzlos mitten im Wind saß, den Blick über die Weite zu Fuße des Berges gerichtet. Wolken zogen über den Himmel, verdeckten immer wieder die Sonne. Ich hörte den Bach in der Nähe rauschen, alles Wasser des Gipfels schien nun talwärts zu streben, alles war in Bewegung. Die Pflanzen der Sonne entgegen, das Wasser dem Tal.

Nur ich hatte plötzlich Ruhe hier auf dem Berg gefunden. Zumindest für heute. Für diesen Augenblick.

Cú legte sich hinter mich, es schien ihm wohl sicherer als vor mir, wo der Fels bald zu Ende war und in die Tiefe reichte. Branna machte das nichts aus, sie saß vor ihrer Herrin, sah neugierig zu mir auf. Als ich jedoch die beiden Sehnen aus meinem Gürtel zog und mit dem Messer der Länge nach teilte, verlor die Rabin die Lust daran. Sie kannte die Vorbereitungen und wusste, dass ich nun für längere Zeit nicht bereit wäre, mit ihr zu spielen. So fand sie es viel spannender, rund um den Fels zu hüpfen und zu erforschen, ob sich in den Spalten und Ritzen nicht etwas Feines zu essen finden ließ. Ich maß die geteilten Sehnen in meinen Händen und dachte an die Ziege, zu der sie am Vortag noch gehört hatten. Die weißlichen Bänder waren glatt und ein wenig glitschig und für mein Vorhaben ideal geeignet. Eben auch, weil sie von Latobios geliebter Ziege stammten. Ich legte die Hände mit den Sehnen darin in meinen Schoß. Ich fühlte Cús warmen Körper in meinem Rücken, beruhigend und stärkend. Es war lange her, dass ich für jemanden ein Wort geflochten hatte. Nun, es war lange her, dass ich irgendetwas für einen anderen Menschen getan hatte, schien es mir, abgesehen von dem Leichnam des alten Mannes im Wald, den ich mit Reisig bedeckt hatte.

»Licht des Himmels, Licht der Erde, nähret mich«, murmelte ich wieder und wieder. Ich schloss die Augen, zwang mich zur Ruhe. Bilder des verwahrlosten Latobio erschienen mir und ich versuchte, hinter all den Dreck und die Trauer zu blicken. Meine Gedanken trieben davon, flogen über die Weite rund um den Berg, ließen sich von den Winden treiben wie Branna, wenn sie übermütig durch den Himmel tanzte. Ich fühlte, wie mein Mund sich zu einem Lächeln verzog. In der Welt hinter meinen Augenlidern landete ich in einem engen Tal, es war ganz still dort und ruhig, kein Vogel rief, kein Sonnenstrahl zeigte sich. Ich wartete, ließ meinen Atem weiter zur Ruhe kommen. Es würde erscheinen, dessen war ich sicher. Es erschien immer. Mein Blick glitt in dem Tal um mich, es war schattig, doch voller Grün, strotzend vor Leben. Da entdeckte ich einen Stein, der mir anders schien als die anderen. Ich konnte fühlen, wie er im Gleichklang mit meinem Herzen schlug. *Latobio*, dachte ich erneut, und das Pochen antwortete wie zur Bestätigung. Ja, ich war an den rechten Ort gekommen. Ein Wort formte sich in meinem Kopf, klar und deutlich. Einen langen Augenblick lauschte ich dem noch nach, bis ich sicher war, dass ich es recht gehört hatte. Das Wort musste mir keinen Sinn ergeben, es war ein Wort der Götter für Latobio ganz alleine. Ich war nur die Überbringerin. Die, die das Wort durch ihre Kunst an ihn binden konnte.

Mit nach wie vor geschlossenen Augen nahm ich die Ziegensehnen und begann, sie zu einem kunstvollen Knoten zu flechten, leise das Wort der Götter vor mich hinmurmelnd. Eng legten sich die einzelnen Stränge in einem komplizierten Muster aneinander. Wie jedes Mal verbanden mich die Augenblicke des Flechtens mit Tegid, meinem Maistir. Das Muster, das ich für Latobio flocht, war eines, das er mir beigebracht hatte, kurz bevor er zu Tode gekommen war. Es war das erste Muster gewesen, das ich auf gallischem Boden gelernt hatte. Ein gutes Muster für Latobio, so eng verbunden mit der Liebe eines Vaters zu seinem Kind.

Langsam tauchte ich aus den Tiefen meiner Arbeit auf. Ich fühlte Cú sich in meinem Rücken regen. Die Sonne auf meinem Gesicht war weitergewandert, die Wolken stoben wie Vögel darüber hinweg. Ich öffnete die Augen, betrachtete mein Werk. Ja, es war gut gelungen. Hart und haltbar würde der Anhänger werden, wenn die Sehnen erst getrocknet waren.

Da ich alles an Material aufgebraucht hatte, war nichts geblieben, das ich den Göttern als Dank opfern konnte. Ich nahm ein paar Wintergräser, die neben dem Fels wuchsen, und flocht daraus eine kleine Schale. Mit meinem Messer ritzte ich meinen Arm und ließ Blut auf das Geflecht tropfen, ehe ich es mit einem Dankgebet in eine Spalte des Felsens schob. Ich musste Branna davon abhalten, es wieder herauszuzerren, neugierig, wie die Rabin war.

Meine Beine fühlten sich steif an, als ich mich erhob.

Der Verschlag lag ruhig und einsam da. Ich holte aus meiner Ziegenfelltasche ein dünnes Band, das ich einst verwendet hatte, einen kleinen Beutel zu schließen, und nutzte es, um den Anhänger daran zu hängen. Ich wollte nicht warten, bis Latobio zurückkehrte. Es war anzunehmen, dass er sich auf der Wiese befand, wo der Hang nicht so steil war. Es war die einzige Wiese weit und breit, auf der bereits Kräuter wuchsen.

Kapitel II

Ein eiskaltes Bad

Ich fand ihn dort, wo ich ihn erwartet hatte. Einsam graste die alte Ziege vor sich hin, während Latobio da saß, den Blick hinab ins Tal gerichtet. Er rührte sich nicht, als ich mich näherte, zeigte mit keiner Regung, dass er mich bemerkte, selbst als ich mich neben ihm hinsetzte.

Es war unglaublich, wie rasch es nun wärmer wurde. Der Sonnengott hatte nach seiner langen Winterruhe seine Kräfte zurückerlangt, seine Strahlen brannten auf meinem Gesicht wie die Küsse eines Liebsten.

Cú streckte sich in der Sonne aus, wälzte sich genüsslich. Branna, die sich auf ihm niederlassen wollte, keckerte verärgert, weil er nicht zur Ruhe kam.

Ich schwieg, blickte wie Latobio ins Tal hinab.

Nach dem Wortflechten fühlte ich mich immer verletzlich und der Weg von dem Fels zu der Wiese hatte nicht ausgereicht, mich von der Nähe, die ich beim Flechten den Göttern gegenüber empfand, wieder hier auf Stein und Gras ankommen zu lassen.

Außerdem war es oft nicht so einfach, das Geschenk, das die Götter durch mich bereiteten, dem Beschenkten auch zu geben. Es war kein goldener Armreif, keine kunstvoll gearbeitete Fibel, es waren nur komplizierte, schön anzusehende Knoten aus den unterschiedlichsten Materialien, die mir gerade zur Verfügung standen. Die Fertigkeit und das Geschick, die in den verschlungenen Mustern steckten, konnten die meisten Leute anerkennen, das wahre Geschenk dahinter konnten sie jedoch nicht sehen. Das begannen sie erst zu fühlen, wenn ich ihnen das Armband oder den Anhänger umlegte und ihnen das Wort der Götter ins Ohr flüsterte.

Bei Latobio war ich mir schon gar nicht sicher, wie er darauf reagieren würde. Abweisend, nahm ich an. Ich musste wohl zuerst hinter seinen Panzer dringen, der ihn umgab wie die Schale die Nuss.

Ich warf einen Seitenblick auf ihn. Er hatte die Unterarme auf seine Knie gestützt und seine Hände hingen rot und geschwollen im Sonnenschein. Der wütende Geist der toten Ziege hatte die Entzündungen in seinen offenen Wunden gestern wieder angeheizt, als wir ihr Fleisch zerteilten.

»Ich würde gerne deine Hände erneut versorgen«, sagte ich mit bemühter Leichtigkeit.

Latobio zuckte die Schultern. Doch ich vermisste die Ablehnung in dieser Geste, es war mehr ein ergebenes Seufzen. Ich lächelte.

»Ja, komm, ich kümmere mich darum. Lass uns zurückgehen.«

»Es ist noch nicht Zeit.« Sein Kopf deutete zu der Ziege hinüber, die mit ruckenden Bewegungen an Grashalmen anriss.

»Beim Bach bei deinem – Haus findet sie auch genug. Überall streben Gras und Kräuter heute der Sonne entgegen. Komm! Lass uns gehen.«

Ich stand einfach auf und ging die Ziege von ihrem Pflock loszubinden. Willig folgte mir das Tier, und wenn es stehen blieb, dann schubste Cú es sanft von hinten an. Ich tat so, als achte ich gar nicht darauf, ob Latobio mir folgte. Doch er tat es, in angemessenem Abstand.

Als ich wieder aus dem Verschlag kam, wo ich meinen Ziegenfellbeutel geholt hatte, knüpfte Latobio gerade den Knoten neu, mit dem ich die Ziege am Pflock beim Bach angebunden hatte.

»Komm«, sagte ich erneut. Als wäre Latobio ein scheues Tier, das man mit sich locken musste. Ich schritt den Bachlauf entlang den Berg hinauf. Das Wasser rauschte nun breit und tobend den Hang hinab, keine Spur mehr des Bächleins, das es bei meiner Ankunft gewesen war. Die Göttin des Frühlings hatte wahrlich alles zum Leben erweckt, alles floss, alles sprießte. Weiter oben gab es zwischen den kahlen Felsen ein natürliches Becken, in dem der Bach zur Ruhe kam, ehe er sich wieder in die Tiefe stürzte.

Ich legte meinen Beutel ab, nahm die dünnen, gewaschenen Stoffstreifen daraus hervor, mit denen ich Latobio bereits einmal die Hände verbunden hatte.

Cú und Branna tranken von dem kalten Nass und legten sich dann in die Sonne, die Rabin auf dem Rücken des Hundes, als müssten sie die Kälte der letzten Monde in sich vertreiben.

Ich löste die Fibel meines Umhangs und steckte sie erneut im Stoff fest. Es wäre nicht das erste Mal, dass ich mein Gewand notdürftig mit Dornenzweigen schließen müsste, weil meine Gewandspangen sich selbstständig machten. Ich breitete das große Stück Tuch flach neben dem Wasserbecken aus, auf dass es von den Felsen und der Sonne gewärmt wurde.

Ich tat so, als bemerke ich Latobio nicht, der mir langsam gefolgt war und sich nun auf einem Felsbrocken neben dem Wasserbecken niederließ.

Sowohl meinen Gürtel als auch meinen Peplos legte ich ab, stand nur in meinem wollenen Kleid da.

»Es ist Frühling, Latobio«, sagte ich. »Alles erneuert sich. Zeit, den Schmutz des Winters von uns zu waschen und uns für die Segnungen der warmen Jahreshälfte vorzubereiten.«

Ich lächelte ihn an. Es war schwer, unter seinen Haaren und dem struppigen Bart seine Miene zu erkennen, doch der Blick seiner Augen ruhte fest auf mir.

»Macht man das so bei euch«, stellte er mehr fest, als dass er fragte.

»Ja«, behauptete ich. Wo auch immer er annahm, dass sich dieses *bei euch* befand. »Und es ist üblich, dass die Frauen die Männer waschen, wenn auch zumeist in einem Zuber voller warmen Wasser.«

Die Götter meiner Heimat mochten mir verzeihen, dass ich da solch Bräuche erfand, doch mir schien es der beste Weg, den

Schutzwall des Einsiedlers aufzubrechen und ihn dafür bereit zu machen, ein geflochtenes Wort an sein Herz zu lassen.

Ich krempelte die Ärmel meines Kleides hoch und bemühte mich, mir die Ausstrahlung eines Bauernweibs zu geben, das einen Bottich schrubbte. Ein zärtliches Gebahren würde Latobio wohl nur verschrecken.

Latobio starrte auf eine Stelle zwischen meinen Brüsten und meinem Nabel. Ich kniete vor ihm nieder, so dass sein Blick nun in meinem Gesicht ruhte, während ich langsam seinen Gürtel löste. Es war nur ein Lederriemen ohne metallenen Haken, speckig vom Alter.

»Komm«, sagte ich. »Zieh dich aus, ich will dich dem Frühling zur Freude säubern.«

Ich erhob mich, um ihm nicht weiter unangenehm zu sein, knotete den Rock meines Kleides, sodass es kürzer als meine Knie war, und stieg in das eiskalte Wasser. Das Becken war nicht sonderlich tief, gerade bis zu meinen Waden. Wie Feuer raste die Kälte durch meine Glieder und ich hätte nicht gedacht, dass ich nach den Monden des Frierens die Kälte als so belebend empfände.

Latobio zögerte kurz, doch dann schlüpfte er aus seiner zerschlissenen Camisia.

»Gib sie mir«, sagte ich. »Ich will sie gleich waschen.«

Er reichte mir das Hemd und ich legte es dort ins Wasser, wo der Bach das Becken wieder verließ, dass es einweichen konnte. Er trat langsam näher, krempelte zögerlich die Beine seiner Braccae bis zum Knie hoch. Erneut fielen mir die breiten Schultern auf, die starken Handgelenke. Doch der Rest des Körpers war abgemagert, mehr noch als der meine. Ein wenig glich Latobio der alten Ziege, der ebenfalls die Rippen und die Beckenknochen hervorstanden. Der Anblick ließ mich ein kurzes Dankgebet an jene Götter sprechen, die mich bis vor kurzem doch immer wieder zu wohlhabenden Weilern und geschäftigen Märkten geführt hatten, wo man mir für ein paar unterhaltsame Geschichten gerne reichlich zu essen gab.

Latobio saugte scharf die Luft ein, als er in das eiskalte Wasser stieg.

Lächelnd sah ich zu ihm hin. »Reich mir deine Hände.«

Vorsichtig tupfte ich mit einem nassen Stück Stoff, das ich mit ins Wasser genommen hatte, seine entzündeten Wunden ab. Er schwieg, die Augen auf mein Gesicht gerichtet. Ich tat, als wäre es für mich das Alltäglichste der Welt, fremde Männer zu waschen. Mit langsamen, gründlichen Bewegungen reinigte ich seine Arme, schrubbte seinen Brustkorb, wusch ihm den Rücken und die Haare.

Ich fühlte meine Beine nicht mehr, so eisig war das Wasser. Zuletzt hob ich die Hand, sein Gesicht zu waschen. Unsere Blicke trafen sich. Ich schluckte. All die Ablehnung, all die Wut, die er immer wie einen Schild vor sich hergetragen hatte, war verschwunden. Ich sah nur Trauer.

Und Begehren.

Ich richtete meinen Blick auf die Blutkrusten auf seinen Schläfen, die noch von seinem Sturz herrührten, schrubbte vorsichtig und zärtlich sein Gesicht.

Seine Hand griff nach meiner Hüfte, zog mich zu sich.

Cú hob den Kopf, wachsam, beobachtend.

Meine Finger strichen über Latobios Lippen, es waren harte Lippen, aufgerissen vom Winter, und doch wohl einst freundlich gewesen. Er beugte sich vor und küsste mich.

Sanft erst, doch dann fordernd und beinahe verzweifelt.

Seine Hände schlossen sich um meinen Körper, zogen mich zu sich.

Cú ließ ein Winseln hören. Würde ich nun Abwehr zeigen, wäre er sofort bei mir, mich zu beschützen. Doch zu meiner eigenen Überraschung fand ich Gefallen an Latobios Begehren.

Latobio trug mich aus dem Becken, legte sich mit mir auf meinen Umhang. Das Blut rauschte durch meinen Körper, angeheizt vom kalten Wasser, der Sonne und der Leidenschaft.

Es war keine Zärtlichkeit in ihm, nur Verzweiflung und die Kraft des Frühlings, die sich ihre Bahn brach. Anders hatte ich es nicht erwartet. Hatte eigentlich gar nicht erwartet, dass er überhaupt solcher Regungen fähig war. Es tat gut, den eigenen Körper wieder zu fühlen, von Latobios festem Griff gehalten zu werden, zu spüren, wie dieser Mann, der einem Winter hier in den Bergen getrotzt hatte, mir mit jedem Stoß die Kraft seiner früheren Jugend schenkte.

Er stieß ein tiefes, einem Stier ähnliches Stöhnen aus, als er sich in mich entlud. Dann sank sein Kopf nach vorne, seine Stirn berührte sanft die meine, sein Gewicht ruhte auf seinen Armen, als hätte er Sorge, mich zu zerdrücken.

»Ist das, was deine Götter wollen?« Unter all der Bärbeißigkeit erklang eine Sanftheit, die ich noch nicht an ihm erlebt hatte.

»Selten ist man ihnen näher, als in den Augenblicken der höchsten Lust, oder?«

Er rollte sich auf den Rücken, keuchte leise.

Ich drehte mich zur Seite, legte meine Hand auf seine magere Brust, die sich hob und senkte wie Flut und Ebbe.

»Du hast immer noch den Mann in dir, der den Bock bändigen kann.« Ich lächelte.

»Wer bist du?«, fragte er.

»Ich sagte es doch schon. Ich bin Arduinna, eine Bardin. Ich sammle Geschichten, ich erzähle Geschichten, ich wandere durch die Welt.«

»Und warum hier?« Seine Augen glitten über mein Gesicht, als messe er jede Falte, jede Färbung darin, blieben an der dünnen weißen Narbe hängen.

Ich würde keine Ausrede gebrauchen.

»Es ist zwei-mal-vier Winter her, dass mein damaliger Maistir, Morfran der Habicht, mich verfluchte. Warum, das ... das ist eine Geschichte ...« Ich seufzte. »... über die ich nicht reden will. Seitdem ist es mir untersagt, länger als einen halben Mond an einem Ort zu bleiben. So ziehe ich durch die Welt und lasse die Götter meinen Weg bestimmen, in der Hoffnung, eines Tages dieses *cynnedyf* aufheben zu können.«

Meine Finger spielten mit den Haaren, die auf Latobios Brust wuchsen. Langsam gewann ich ein Bild davon, wie dieser Mann wohl noch im vorigen Sommer ausgesehen hatte und es schmerzte mich noch mehr, dass das Leben ihm so viel genommen hatte.

»Einen halben Mond ...«, wiederholte Latobio langsam.

»Wie kann man leben, wenn man den Boden unter seinen Füßen nicht kennt wie das Weib, mit dem man verheiratet ist?«

Ich lachte, um zu verbergen, wie sehr seine Worte trafen.

»Man lebt. Man ist immer fremd. Sieht nie, was aus den Menschen wird, denen man begegnet. Ist immer allein ...«

Ich drehte mich weg, setzte mich auf.

Latobio richtete sich auf und legte mir seine raue Hand auf die Schulter. Er schüttelte den Kopf.

»Selbst meinem Feind wünschte ich das nicht.«

Er hatte mich gesehen, hatte hinter das Gesicht meines verrückt wirkenden Wesens geblickt. Und ich hatte ihn gesehen, sein wahres Ich.

Wie hatte ich es vermisst, einem Menschen nahe zu sein.

Lange saßen wir noch in der wärmenden Sonne. Ich arbeitete mich durch Latobios verfilztes Haar, opferte seiner Mähne zwei Zinken meines Knochenkammes.

Wir lachten leise, schwiegen viel.

Als er wieder nach einem Bauern, obzwar einem dünnen, aussah und nicht mehr wie ein Bergschrat, nahm ich den geflochtenen Anhänger aus meinem Beutel. Ich kniete vor Latobio, spielte ein wenig verlegen mit dem Knotenmuster in meinen Händen.

»Ich erzähle nicht nur«, sagte ich, »ich flechte den Menschen auch Wörter. Manchen Menschen. Es ist eine meiner Gaben und ich danke meinem Vatervater und Maistir Tegid jeden Tag, dass er diese Gabe in mir genährt hat. Heute Morgen haben mir die Götter ein Wort für dich geschenkt und ich habe es in diesen Anhänger, den ich aus den Sehnen deiner Ziege geknüpft habe, eingewebt. Es ... es wird dich beschützen. Es wird ... dir das geben, was du benötigst ...«

Ich hob die Hände und band die lederne Kette um Latobios Hals. Während ich in seinem Nacken den Knoten schloss, schenkte ich seinem Ohr das Wort der Götter: »*HerzensTruhe*.«

Latobio sah mich ernst und mit zusammengezogenen Augenbrauen an. Ich fürchtete bereits, dass man in seinem Dorf solche Dinge eher den Unwesen denn den Göttern zuschrieb. Doch dann lächelte er und ich spürte, wie das Wort, das die Götter ihm geschenkt hatten, sich langsam in seiner Brust verankerte.

»Ja«, flüsterte er. »Es ist ein gutes Wort.«

Kapitel 12

Gespräch am Morgen

Der Hund winselte leise, doch die Frau in seinen Armen regte sich nicht, obwohl die ersten Sonnenstrahlen bereits beim Eingang herein schienen.

»Kein Tanz im Dunkel der Nacht heute?«, murmelte Latobio in Arduinnas Nacken.

»Heute nicht«, antwortete sie leise und drehte sich zu ihm, der sie von hinten umschlungen hielt.

»Du bleibst also?«

»Eine Weile noch. Bis der Mond mich weiter zwingt.«

Er war erstaunt, wie sehr es ihn freute, dass sie noch blieb.

Arduinna schlüpfte unter seinem Arm hervor, kroch aus dem Verschlag hinaus.

Latobio folgte ihr mit der Ziege. Wolken hingen am Himmel, doch erneut war es wärmer geworden. Neben dem Bach konnte er die ersten zarten Blüten entdecken. Im Nu waren sie im Maul der Ziege verschwunden.

Er trug noch immer nur seine Braccae und hatte seine Decke umgeschlungen. Mit Arduinna im Arm war ihm dennoch warm gewesen. Nun betrachtete sie ihn, während er nach seinem Gewand auf dem Reisigdach sah. Er war ein Mann wie ein Stück Holz, von Wind und Wetter zurechtgeschnitzt, gewiss nicht, was sie als ansehnlich empfand. Er schlüpfte in seine Camisia, obwohl sie immer noch feucht war. Plötzlich war ihm sein ausgemergelter Körper unangenehm. Vor einem Jahr hätte sie ihn sehen sollen … Das Hemd war nach wie vor nicht sauber, dazu hätte sie es schrubben müssen und ein wenig Aschenlauge wäre auch nicht von Schaden gewesen. Doch sie hatten anderes getan …

Er schmunzelte. Er fühlte sich gut. Spürte, wie sehr ihm die Nähe zu einem Menschen gefehlt hatte.

Latobio setzte sich neben Arduinna, den Blick in die Weite der Landschaft gerichtet.

»Ist dein Dorf weit weg?«, fragte sie.

Es gab keinen Grund, nicht über sein altes Leben zu reden. Er deutete in die Richtung, in der die Sonne vor kurzem aufgegangen war.

»Zwei Tagesmärsche dort hinab.«

»Wirst du zurückkehren?«

Er starrte dorthin, wo seine Hand gerade hingezeigt hatte.

»Nein. Es ist besser, dass ich nicht dort bin.«

Er hatte beinahe die Bardin geschlagen, als das mit der Ziege geschah. Seine Hand tastete nach dem Anhänger, den sie ihm geknotet hatte. *HerzensTruhe.*

Arduinna schwieg.

Sie beobachten beide den Hund und den Raben, die neugierig der Ziege nachschwänzelten.

»Sieben Kinder, hast du gesagt.«

Er nickte. »Nicht mehr.« Nun waren es nur noch sechs.

Arduinna kniete sich hin. »Meinst du nicht, dass deine Töchter einen Vater benötigen? Wer wird für sie einen Mann aussuchen, wenn sie alt genug sind? Wer wird sie vor zudringlichen Freiern beschützen? Wer beschützt deine Frau?«

»Wer hat meinen Sohn vor mir beschützt?«, antwortete Latobio bissig. Warum fing sie jetzt damit an? Was hatte sie damit zu tun, konnte ihr doch egal sein.

Arduinna senkte den Kopf.

»Du bist kein böser Mann.«

Er sprang auf. »Ich hab meinen eigenen Sohn getötet! Weil er Bier verschüttet hat!«

Sie wich seinem Blick nicht aus. »Ja, das hast du. Willst du deine anderen Kinder auch noch sterben lassen?«

Er stockte. »Entengrütze. Warum sollten sie? Das Dorf passt schon auf auf sie.«

Das Dorf ... Bormo etwa. Oder der Ater. Plötzlich hatte er einen bitteren Geschmack im Mund. Nein, da waren seine Eltern. Und sein Weib. Seine Kinder brauchten ihn nicht. Keinen Vater, der ihnen das Genick brach.

Arduinna sah wieder zu ihren Tieren, die inzwischen ihre Suche nach Essbaren auf die andere Seite des Verschlags verlegt hatten.

Sie schwieg.

Latobio stand eine lange Zeit da, die Arme verschränkt. Warum drängte sie so darauf?

»Warst etwa dort?«, fragte er dann plötzlich. »Weißt was, das ich nicht weiß?«

»Nein«, sie deutete zu der Seite, wo die Sonne unterging. »Ich bin von dort gekommen. Ich kenne dein Dorf nicht.«

Er setzte sich wieder neben sie.

»Was kümmern dich dann meine Töchter?«

Arduinnas Finger spielten mit dem Saum ihres Peplos. Sie schwieg eine Weile. Dann seufzte sie.

»Als ich ein Dutzend Sommer zählte, brachte mein Maistir mich nach Gallien. Er war weit mehr als mein Maistir. Tegid hat mich gefunden, als kleines Kind, alleine im Wald. Er hat mich großgezogen, wie ein Vater. Wie ein Vatervater.« Sie lächelte, dann fiel ein Schatten über ihr Gesicht. »Man hat uns überfallen, als wir am Weg zurück zum Hafen waren. Einfache Straßenräuber ... vielleicht auch Verräter, angeheuert von den Römern, um zu verhindern, dass wir das Wissen der Barden aus dem Lande retten. Ich weiß es nicht. Sie stießen mich zu Boden. Einer ... Du kannst dir wohl vorstellen, was er wollte, von einer jungen Frau ... Tegid hat mich gerettet. Er kämpfte wie ein Bär. Für mich.«

Der Schorf an seinen Händen begann schrecklich zu jucken. Er musste sich kratzen. Er wollte das gar nicht wissen, oder? Vielleicht war es doch besser, wenn sie eine der Göttinnen wäre. Er wollte nicht an junge Mädchen denken müssen, die von Männern ... verfluchtes Weib, setzte da grausame Bilder in seinen Kopf.

Arduinna lächelte.»Ich bin gewiss, du tätest das für deine Töchter auch.«

Er zuckte die Schultern.

»Die Räuber flüchteten, dann brach mein Maistir zusammen. Er war bereits grauhaarig, er war kein Krieger … Ich wollte ihn zurückschleppen, doch er starb in meinen Armen …«

Sie schwieg.

Was sollte er sagen?

»Naja«, sagte sie, und es klang bemüht fröhlich,»Das ist also genaugenommen das Gegenteil deiner Geschichte … aber der Grund, warum ich traurig bin, dass du deine Töchter und deine Frau einfach verlassen hast.«

»Du verstehst das nicht«, sagte er.»Warum hab ich so fest zugeschlagen? Warum hab ich überhaupt …? Nein, ich geh nie mehr zurück. Ich bin eine Gefahr für meine Leute.«

»Und? Ich auch. Du hast keine Ahnung, was geschieht, wenn ich nicht dem Ruf des Mondes folge und immer und immer wieder alles hinter mir lasse … Die Menschen in meiner Nähe erleiden Unfälle, erkranken … Deshalb stürze ich mich trotzdem nicht von einem Berg oder leg mich hin, um zu sterben. Die Götter geben uns unsere Aufgaben. Meine sind die Geschichten. Deine – das weiß ich nicht. Aber sie haben dir mich geschickt, haben mich auf diesen widerlichen Berg raufgehetzt im eisigsten Wetter und nicht wieder weglassen, nur damit ich dir ein Wort flechte.«

Er spürte, wie es warm wurde in seiner Brust.

»*HerzensTruhe*«, wiederholte er.

»Ja, ganz genau. Dieses Wort ist ein Schatz, es ist … voll der Kraft der Götter, so wie der Anhänger, den du da trägst.«

Sie nahm den geflochtenen Knoten zwischen ihre Finger. Das gefiel ihm gar nicht. Ja, ihre Finger prickelten auf seiner Haut, aber der Anhänger … sie hatte ihn gemacht, zugegeben, aber anrühren sollte den keiner mehr. Das war seiner. Wieso war ihm das so wichtig?

»Du wirst nie mehr eines deiner Kinder schlagen, das weiß ich.« Sie grinste.»Selbst wenn sie es verdienen und jeder im Dorf sagt, der Latobio ist verweichlicht, dem seine Töchter bräuchten eine Tracht Prügel.«

»Das soll einer wagen zu sagen!«, entfuhr es Latobio. »Der würde schon sehen, wie ich zuschlagen kann. Bei ihm.«

»Genau … Ich bin nicht hierher gekommen, um dir ein Wort zu flechten, mit dem du dann alleine da auf dem Berg hockst und irgendwann wie das Moos und die Flechten ringsum aussiehst.«

Latobio schwieg. Ihm gefiel gar nicht, wie recht sie hatte.

»Dann wärst halt nicht gekommen«, sagte er nach einer langen Weile.

Arduinna seufzte.

»Ich werde schauen, ob ich ein paar frische Kräuter finde fürs Essen«, sagte sie und erhob sich. Ihr Hund kam sofort angelaufen und der Rabe ließ sich auf ihrer Schulter nieder.

»Ist gut. Ich bring die Ziege zur Weide.«

Es war nur gut, wenn sie ging. Sie hatte ihn an Rodja denken lassen. Und an die Mädchen. Verfluchtes Weib.

Kapitel 13

Die Felsen

In jener Nacht erschien mir erneut Loïcs Stimme. Ich lag in Latobios Armen und doch besuchte mich im Reich der Träume jener Geliebte, dessen Ruf ich seit Jahren folgte. Er mahnte mich, weiterzugehen, erfüllte mich mit solcher Sehnsucht nach seiner Nähe, dass ich am liebsten sofort aufgestanden wäre.

Ich erwachte. Noch war die Welt in Dunkelheit getaucht und durch den Eingang des Verschlags konnte ich die letzten Sterne am Himmel sehen. Die Luft war ungewöhnlich mild, beinahe warm.

Die Tiere waren unruhig, Cú winselte leise.

»Nein, Cú, ich tanze auch heute nicht. Gönn mir noch ein wenig Zeit in der Gesellschaft eines anderen Menschen.« Ich war mir nicht ganz sicher, ob ich es wirklich zu meinem Hund und nicht viel mehr zu der Stimme meiner Träume sagte.

In der Ferne hörte ich leises Donnergrollen. Das machte also die Tiere unruhig.

»Ist nur ein Gewitter«, murmelte ich verschlafen. »Wir sind im Trockenen.«

Ein Gewitter, zu dieser Jahreszeit. Bei Sternenhimmel.

In dem Augenblick, wo mir dieser Gedanke durch den Halbschlaf ging, schreckte schon Latobio neben mir hoch.

»Raus!«, brüllte er in mein Ohr.

Ich sprang hoch, Cú bellte, hüpfte zwischen mir und dem Ausgang des Verschlags hin und her. Branna flog davon in die Dunkelheit. Die Ziege meckerte voller Angst. Ich schnappte meinen Beutel, den ich als Kopfkissen benutzt hatte, griff mit der anderen Hand den Umhang, der mir nachts als Decke diente, und stürmte hinaus.

Das Donnergrollen wurde lauter und lauter, der Boden unter meinen Füßen zitterte. Der Bach neben dem Verschlag toste wie ein tobender Fluss.

Ich stürmte quer zum Hang, weg von der bald aufgehenden Sonne, weg von dem Bach. Wie ein wilder Strom stürzten Felsbrocken vom Berg weiter oben herab, ergossen sich über alles ringsum, ließen den Boden beben. Als würden die Götter des Gipfels Tröge mit dem Müll des Winters herableeren.

Meine bloßen Füße rutschten über kullernde Steine, ich stolperte, stürzte, rappelte mich wieder hoch. Branna war nirgends zu sehen, doch Cú zischte vor mir davon, kam zurück, rannte wieder davon.

Die Steine unter mir schienen ein erwachendes Wesen zu sein, reckten sich mir entgegen, ließen im nächsten Augenblick meinen Fuß ins Leere treten, bewegten sich, als wäre der ganze Berg zum Fluss geworden. Das Donnern war inzwischen so laut, dass ich zwar sah, dass Cú sich vor mir umgewandt hatte und mich anbellte, doch ich hörte keinen Laut aus seiner Schnauze kommen. Ich stürzte erneut, zog mich hinter einen großen Fels, krallte meine Hände in einen knorrigen kleinen Busch, der sich unter dem Stein hervorwand.

Noch nie hatte die Erde mich im Stich gelassen. Immer war der Boden da gewesen, mich aufzufangen, wenn ich stürzte, mir Halt und Trost zu geben. Doch nun schien die Welt den Berg hinabzustürzen. Ich schrie auf, als ein Steinbrocken mich an der Schulter traf, presste einen Arm über den Kopf, im verzweifelten Versuch, mich zu schützen. Mein ganzes Sein war nur noch Beben und Lärm.

Irgendwann wurde der Donner leiser, entfernte sich ins Tal hinab, verebbte. Der Berghang kam langsam wieder zur Ruhe. Ich wagte nicht, mich zu bewegen, bis Cú seine nasskalte Schnauze winselnd zwischen meinen Arm und mein Gesicht schob. Ich hob vorsichtig den Kopf und wurde sogleich von meinem Hund abgeschleckt, sein Schwanz wedelte hektisch. Wie ich zitterte er am ganzen Körper.

»Alles in Ordnung mit dir, mein Freund?«, fragte ich. Er schien unverletzt. Vorsichtig bewegte ich meine Schulter. Nichts war gebrochen, alles heil, wenn auch etwas blau wahrscheinlich. So erschrocken ich über diesen Wutausbruch der Berggötter war, ich konnte doch nur ein Dankgebet in meinem Kopf hören, dass ich und Cú am Leben waren. Hoch über mir drehte Branna ihre Kreise. Die Rabin konnte immer ihren eigenen Flügeln mehr vertrauen als den Unruhen unter den Menschen. Wie gerne besäße ich diese Fähigkeit, sich einfach hoch in den Himmel zu erheben.

Ich wandte den Kopf und blickte dorthin zurück, woher ich gekommen war. Wo gestern noch beinahe so etwas wie ein Weg gewesen war, lag alles unter einer dicken Schicht Geröll verborgen. Man könnte meinen, doch in den Wolken gelandet zu sein, denn grauer Gesteinsstaub schwebte über allem, wie Nebel. Ganz schwach nur konnte ich dahinter erkennen, dass der Sonnengott sich bereits aus seinem Schlaflager erhoben hatte, wohl von Neugier gelenkt, was sich hier tat. Wie eine blasse Mondscheibe stand er inmitten des Nebelstaubs.

Es hatte hier so und so nicht viel gegeben, das verwüstet werden konnte, und doch hatte dieses Steinfeld, das nun vor mir lag, etwas ungemein Totes.

Latobio!, schoss es mir durch den Kopf. Ich rappelte mich hoch, stolperte über das Geröll den Weg zurück. Vereinzelt lagen umgedrehte Erdbrocken zwischen den Steinen, reckten Wurzeln sich nach oben. Die Welt stand Kopf. Der Frühling, der neues Leben spendete, war todbringend geworden, die Erde, die beständige, unberechenbar.

Am liebsten wäre ich hangabwärts gerannt, so weit weg von dem Berg wie irgend möglich. Doch meine Füße trugen mich zurück, wo ich den Hirten zuletzt gesehen hatte.

Ich sah Tegid vor meinen Augen, damals, als er neben der Straße sein Leben in meinen Armen gelassen hatte. Ich sah all das Blut, das aus seinem Bauch gequollen war, wo ein Messer der Räuber ihn erwischt hatte. Es war der Beginn der schweren

74

Zeit gewesen, die drei Sommer später in dem *cynnedyf* gipfelte, das Morfran über mich sprach. Stand mir ein ähnlicher Anblick bevor, wenn ich Latobio fand?

Der halbe Mond war doch noch nicht vorbei, dachte ich, während ich über Gesteinsbrocken kletterte. Begannen die Götter nun, Menschen um mich herum bereits früher zu strafen? Hatte Morfran erneut die Hände nach mir ausgestreckt, wütend über die Folgen, die das *cynnedyf* auch für den bedeuteten, der es sprach?

Ich sah Latobio schon von weitem. Er kniete auf einem Haufen Gestein, schob hektisch Felsbrocken für Felsbrocken zur Seite. Ich brauchte einen Augenblick, ehe ich verstand, dass er auf seinem Verschlag kniete. Selbst von dem großen Felsen, der die eine Seite seines Heims gebildet hatte, war unter all den Steinen nichts mehr zu sehen. Der Felssturz hatte alles unter sich begraben.

Ich eilte zu ihm, rutschte erneut auf dem wackeligen Untergrund aus.

»Latobio!«, rief ich, unendlich erleichtert, dass er wie ich am Leben war.

Er sah mit wilden Augen zu mir her.

»Die Ziege!«, keuchte er und versuchte, sich weiter in die Steine hineinzugraben.

Ich sah auf den Geröllhaufen unter ihm. Nichts von seinem Verschlag war mehr übrig, rein gar nichts.

Latobios Bewegungen wurden langsamer, er ließ die blutigen Hände in den Schoß sinken.

Wir schwiegen. Ich zitterte immer noch.

»Du hast keinen Unterstand mehr«, stellte ich irgendwann das Offensichtliche fest.

»Genug Steine, einen neuen zu bauen«, antwortete Latobio.

Ich konnte nicht glauben, dass er noch in Erwägung zog, hier zu bleiben.

Ängstlich sah ich den Berg hinauf. Wie ein Fluss breitete sich nun ein breites Band von Steinen aus, von dem Bach neben dem Verschlag war nichts mehr zu sehen, begraben wie alles andere, und ich fürchtete, dass jeden Augenblick die Götter erneut zu toben beginnen könnten.

»Latobio … meinst du nicht, dass es doch an der Zeit ist, heimzukehren?«

»Nein!« Er hatte es gebrüllt, sah dann selbst furchtsam den Berg hinauf, von wo seine Stimme widerhallte. »Soll ich so zurück? Ich kam her, um zu sterben. Nun soll ich zurück, Latobio mit der starken Hand, so? Haut und Knochen? Oh nein. Nein!«

Ich widerstand dem Drang davonzulaufen. Die Götter hatten mich nicht hierher geleitet, ihm ein Wort zu flechten, nur damit ich ihn nun hier alleine ließ, egal, wie viel Angst ich vor dem Berg hatte. Cú setzte sich nahe an meine Seite, ich fühlte sein warmes Fell beruhigend an meinen zitternden Beinen.

»Du kamst nicht zum Sterben hierher. Du hast zwei Ziegen mit dir genommen, wie einer, der leben will. Und die Götter haben dich am Leben gelassen. Den Winter hindurch, diesen Felsregen hindurch …«

Er reagierte nicht, starrte nur weiter auf den Steinhaufen, der einst sein Unterstand gewesen war.

»Latobio, können wir bitte … zumindest so weit von hier gehen, dass wir wieder im Schutz der Bäume sind? Ich habe so etwas noch nie erlebt … es macht mir Angst.«

Mir fiel der Abhang ein, an dem ich Latobio vor einigen Tagen das erste Mal gesehen hatte. Mir war nicht bewusst gewesen, dass er wohl genau so entstanden war wie dieses Geröllfeld hier nun. Ich bezweifelte, dass Bäume solch einer Macht, wie der Berg soeben bekundet hatte, widerstehen könnten, aber mein Leben war immer mit den Bäumen verbunden gewesen, sämtliche Bäume waren wie Freunde für mich, hatten mir schon so oft Schutz, Nahrung und Trost geboten. Ich wollte unter Bäumen sein, in der Nähe meiner Freunde, sollte der Berg noch einmal Steine herabrinnen lassen.

Latobio nickte. Seine Hände zuckten, als wolle er nach seinen Sachen greifen, doch es gab nichts mehr. All sein Besitz lag unter einem Haufen Steinen begraben, selbst seine Decke, selbst meine Rehhaut. Ihm war nur noch geblieben, was er des Nachts am Leib getragen hatte – seine zerschlissene Camisia und die Braccae. Er hatte seinen Gürtel mit dem Messer und allem anderen beim Schlafengehen neben sich abgelegt, während ich den meinen in meinen Beutel gesteckt hatte, wie ich es immer tat, wenn ich ihn nicht anbehielt. Auch wenn ich noch nie erlebt hatte, dass die Erde unter mir davonglitt, es war nicht das erste Mal gewesen, dass ich mitten in der Nacht mit all meinem Hab und Gut auf und davon musste.

Seufzend erhob Latobio sich. Sein linkes Knie gab nach, als er einen Schritt machen wollte. Ich eilte zu ihm und stützte ihn. Vorsichtig tasteten wir uns über die Steine, Latobio bei jedem Schritt schwer auf mich gelehnt. Ich wagte nicht, sein Knie in Augenschein zu nehmen, ehe wir nicht ein gutes Stück von all dem Geröll entfernt waren.

Erst als wir die ersten knorrigen Bäume erreichten, blieb ich stehen. Ich fühlte mich unendlich erschöpft. Mein Körper zitterte nun nicht mehr vor Angst, sondern vor Anstrengung. Cú war die ganze Zeit vor uns hergelaufen, vor und zurück, immer wieder ängstlich den Kopf dem Berggipfel zugewandt, die Schnauze hochgereckt, als könne er riechen, was sich dort oben tat. Branna hatte sich kurz auf meine Schulter gesetzt, war dann aber wieder hoch in den Himmel gestiegen. Erst jetzt, wo ich mich mit dem Hirten unter einem der Bäume niederließ, kam sie herab und sprang aufgeregt keckernd um uns herum. Sie schüttelte sich und stellte ihr Gefieder auf, gab Laute und Wörter von sich, als müsse sie ihrer Herrin die Ungeheuerlichkeit des Geschehenen nahe bringen.

Kapitel 14

Im Wald

Wir lehnten beide mit dem Rücken an knorrigen kleinen Bäumen, erschöpft und erschrocken. Ich schloss die Augen, blendete das Bild von Latobio aus, der sein schmerzendes Knie rieb, und gab mich ganz der Kraft der rauen Rinde hin, die mir so tröstlich war wie Latobios Arme um meinen Leib in der Nacht.

»Ist es schlimm?«, fragte ich, ohne die Lider zu öffnen.

»Ging schon mal besser«, brummte Latobio.

Cú drängte sich an mich, schob sich unter meinen Arm. Ich fühlte Brannas scharfe Krallen auf meinem Oberschenkel landen. Seufzend öffnete ich die Augen, um mich dem Tag zu stellen.

Latobio hatte das Bein seiner Braccae hochgeschoben, sein Knie war rot und geschwollen. Vorsichtig streckte und beugte er es. Zumindest schien es nicht gebrochen zu sein.

Plötzlich musste ich lachen.

»Das Bad hätten wir uns ersparen können!«

Latobio blickte auf, betrachtete mich. Dann lachte auch er. Ich war wohl ebenso in eine Schicht Steinstaub gehüllt wie er, mit aufgeschürften Hautstellen und grauhaarig vor Dreck.

Wir lachten, dass Cú seine Herrin besorgt anblickte. Er musste denken, ich wäre verrückt geworden, und vielleicht war ich das auch. Gerade hatte ich noch in Latobios Armen auf seinem Lager gelegen und in den Armen Loïcs im Traum, und nun wären wir beinahe unter dem Berg begraben worden. Man konnte nur lachen. Oder nicht mehr aufhören, zu zittern und zu weinen.

»Meinst du, du schaffst es bis in dein Dorf?«, fragte ich nach einer Weile.

»Ich geh nicht in mein Dorf«, sagte Latobio, doch es klang längst nicht mehr so entschlossen wie noch vor kurzem. Ich lehnte den Kopf an den Baum, kraulte Cú. Wir schwiegen. Branna hatte begonnen, den Boden rund um uns nach Käfern abzusuchen und man hörte nur ihr leises Gekecker, wie ein altes Weib, das mit sich selbst sprach. Die Sonne schien uns ins Gesicht, wärmte mich und ließ mich zur Ruhe kommen.

»*Einst*«, begann ich und erzählte leise, den Blick hinauf in die Baumkronen gerichtet, »*lebte ein Bauer auf einem kleinen Hof fern jeder Siedlung. Es war ein alter Hof, wohl schon vom Vater seines Vaters seines Vaters erbaut, und der Bauer und sein Weib lebten mehr schlecht als recht darin.*«

Cú streckte sich wohlig neben mir aus, gähnte.

»*Da geschah es eines Nachts, dass der Bauer einen Traum hatte. Es war ein sonderbarer Traum, in dem er seinen Hof verließ, um zu einer großen Siedlung zu gehen, die an einem Fluss lag. Mühsam war der Weg in seinem Traum und ermüdend, doch er wusste, er musste dorthin, denn an seinem Ziel würde er einen Schatz finden. Als der Bauer erwachte, wollte ihm dieser Traum nicht mehr aus dem Kopf gehen. Aber - seinen Hof verlassen! Den weiten Weg gehen, all die Gefahren, die Mühsal, nur wegen eines Traumes? Er scheute sich, seinem Weib auch nur davon zu erzählen, doch als die Tage vergingen und er immer noch daran denken musste, als seine Füße wie von selbst sich immer wieder vom Hofe wegwandten, da berichtete er ihr denn doch von seinem Traum. ›Dann gehst halt‹, sagte sie zu seiner Überraschung. ›Man tut, was man tun muss.‹*«

Latobio hatte den Kopf an den Baumstamm gelehnt und lauschte mit geschlossenen Augen. Nun hoben sich seine Mundwinkel zu einem Schmunzeln. Ich meinte, ein belustigtes Glucksen zu hören und verstand nicht, was er so witzig fand.

»Also macht sich der Bauer auf den Weg, und ach, es war ein mühsamer Weg! Bergauf und bergab, durch Regen und Sturm, doch endlich kam er in die Nähe der Siedlung. Den Schatz, fand er, hatte er sich nun redlich verdient. Hier, bei der Brücke war der Schatz in seinem Traum gewesen und so sah er sich vorsichtig um. Er kroch unter die Brücke, er stocherte mit einem Ast im Schlamm beim Ufer herum, doch nirgends fand sich etwas, das auch nur die geringste Ähnlichkeit mit einem Schatz hatte. Ach, was hatte er auf seinen Traum gehört, was war er nur hierher gekommen! Und nun, heimzukehren, mit leeren Händen, zu seinem Weib, das wohl darauf hoffte, er käme mit Gold und Edelsteinen, welch schrecklicher Gedanke. Da beugte sich von oben ein Mann über die Brücke und fragte ihn, was er denn hier täte.«

Branna trippelte auf meinen Beinen auf und ab und krächzte »Maaann!«. Ich strich ihr sanft über das Gefieder.

»Erst stotterte der Bauer ein wenig herum, doch dann fasste er sich ein Herz und erzählte dem Mann, dass er geträumt hatte, hier gäbe es einen Schatz. Oh, wie lachte da der Mann auf der Brücke! ›Einen Schatz, hier? Ich lebe seit meiner Kindheit hier, hier hat es noch nie einen Schatz gegeben! Wegen eines Traumes bist du den weiten Weg hierher gekommen, hast dein Heim verlassen und all die Gefahren auf dich genommen? Wie dumm kann man sein! Wäre ich wie du, ich müsste mich auf den Weg machen, denn auch mir träumte von einem Schatz!‹ Und er erzählte ihm seinen Traum, von einer hölzernen Hütte im Nirgendwo, mit einem Lindenbaum vor der Türe und einem Hirschgeweih über der Feuerstelle, an dem die Kochlöffel hingen. Und er erzählte ihm von dem Schatz, der in seinem Traum unter der Feuerstelle vergraben war. ›Aber ich bin nicht so dumm, und gehe wegen eines Traumes von hier weg, um eine Hütte zu suchen, die ich nicht kenne. Und deine erfolglose Suche hier zeigt mir erst recht, wie klug ich damit handle.‹ – ›Du hast recht‹, sagte der Bauer. ›Es war dumm von mir. Es war schließlich nur ein Traum.‹ Und er machte sich wieder auf den Weg zu seiner Frau nach Hause. Er ging schweigend an dem großen Lindenbaum vor der Türe seiner hölzernen Hütte vorbei, er bückte sich unter das Hirschgeweih mit den Kochlöffeln und er grub ein Loch, wo die Feuerstelle war. ›Den wahren Schatz findet man eben nur daheim‹, sagte er, als er eine hölzerne Kiste voller Goldmünzen heraushob.«

Wir schwiegen, als die Geschichte verklungen war. In der Ferne war der Ruf eines Vogels zu hören, erst da fiel mir auf, wie still die Wesen der Natur den ganzen Morgen gewesen waren. Als erholten auch sie sich erst langsam von dem Schrecken, den der Berg ihnen versetzt hatte.

»Buuup!«, machte Branna wie zur Antwort.

»Was du gestern über meine Töchter gesagt hast …« Latobio sprach nicht weiter.

Ich sah zu ihm hin. Seine blutverkrusteten Finger zupften an seiner zerrissenen Hose herum.

Als er meinen Blick bemerkte, hob er den Kopf.

»Du findst also, ich bin feige?«

Ich konnte die Gefühle hinter seinen Worten nicht einschätzen.

»Nein. Aber irgendwann ist es an der Zeit, wieder zu denen zurückzukehren, die einen benötigen.«

»So wie du?«

Ich betrachtete meine bloßen, zerschundenen Füße. Die Sonne ließ das Laub des Baumes über mir tanzende Muster darauf zeichnen. Jeder Wald war fast so etwas wie ein Zuhause.

»So wie ich es gerne täte. Ja. Wie ich es von ganzem Herzen gerne täte. Aber der eine Mann, mein Vatervater und Maistir, er ist tot. Der andere, den die Götter mir bestimmt und doch wieder genommen haben, indem sie uns trennten … Ich wünsche mir nichts sehnlicher, als zu ihm zurückzukehren, auch wenn wir einander nur einen Mond lang kannten … Doch selbst wenn ich den Weg zu ihm fände, ich wäre sein Untergang. Meine Anwesenheit sein Tod. Und sonst … ich habe keinen Ort, an den ich zurückkehren könnte. Du ahnst nicht, wie sehr ich dich darum beneide, dass du einen hast.«

Wieder schwiegen wir.

Ich dachte an Loïc. Sehnte auch sein Herz sich nach mir, nach dem Menschen, für den er sein Leben und seinen Platz als Reix hatte aufgeben wollen?

Mir war kein Leben mit ihm möglich, dafür sorgte das *cynnedyf*, doch was gäbe ich darum, zumindest einen halben Mond ganz bei ihm zu sein … Jahre zehrte ich nun schon von der knappen Zeit, die uns beschieden gewesen war, wie lange

81

würde mein Herz erst von einem weiteren halben Mond zehren können …

Latobio riss mich aus meinen Gedanken.

»Was wird geschehen, wenn ich heimgehe?«

Ich zuckte die Schultern.

»Ich denke, sie werden froh sein, dass du lebst. Dass du wieder da bist.«

»Es macht den Buben nicht wieder lebendig.«

Seine Stimme klang, als quetsche er sie zwischen zwei Felsen hindurch.

»Nein. Aber zumindest haben sie dann dich nicht auch noch verloren. Und wenn es nur um die Arbeit am Hof geht.«

Latobio lachte bitter. »Aber zwei Ziegen haben sie verloren.«

Wir schwiegen.

»Deutlicher als das«, ich wies mit der Hand den Hang hinauf, wo man das Geröllfeld sehen konnte, »können dir die Götter wohl kaum sagen, dass du vom Berg runter sollst.«

Latobio nickte.

»Du bist keine Dumme nicht. Kriegst wohl jeden Mann dazu zu tun, was du für richtig hältst.«

Ich antwortete nicht darauf.

Branna krächzte »Maann!« und wir mussten beide lachen.

»Na gut«, seufzte Latobio und stützte sich mühsam am Baumstamm hoch. »Dann gehen wir eben.«

Ich hätte noch lange hier sitzen können, den tröstenden Baum im Rücken, doch wenn Latobio schon bereit war, heimzukehren, dann würden wir sogleich aufbrechen. Immerhin waren wir nun wieder unter Bäumen, unter meinen Freunden.

»Warte!«, sagte ich und suchte zwei Stecken, die uns den Weg bergab erleichtern konnten. Der Winter und der Wind hier heroben hatten genug Äste zu Boden geworfen, nichts davon war wirklich gerade, aber es würde für den Augenblick reichen. Es widerstrebte mir, einen jungen Baum umzuschneiden, jetzt, im zeitigen Frühling, wo die Bäume gerade begannen, ihren Saft hinauf in die Kronen zu schicken. Zumal es hier keine Haseln oder Weiden gab, nur Nadelgehölze, harzreich und klebrig. Und meine Axt tief in einer Schlucht lag.

Der Weg hinab war mühsam. Wir mussten oft rasten, wenn Latobios Knie nicht mehr wollte. Ich war dankbar, mit ihm zu gehen. Alleine hätte ich wohl den Pfad zu seinem Dorf nicht gefunden.

Während wir erneut rasteten, als die Sonne den höchsten Stand überschritten hatte, reckte Cú schnuppernd die Schnauze. Er musste Hunger haben, und so deutete ich ihm, ruhig jagen zu gehen. Branna flog mit ihm.

Ich sah zu Latobio hin. Erstmals war ich ohne meine Begleiter mit ihm alleine. Plötzlich fühlte ich mich verlegen. Er dachte wohl dasselbe, denn er meinte unvermittelt:

»Dem Gesetz meines Dorfes nach bist du mir beigelegen wie ein Eheweib. Ich kann keine zwei Frauen ernähren … ich muss dich bitten, auf dein Recht zu verzichten. In meinem Dorf könntest dem Recht nach ein Jahr lang schauen, ob es dir als mein Weib behagt, aber …«

Ich lächelte. »Siehst du, wie gut mein Fluch doch manchmal ist … Mehr als einen halben Mond darf ich nicht an einem Ort bleiben. Und mach dir keine Sorgen. Ich werde deiner Sippe gewiss nicht sagen, dass wir einander berührt haben.«

Die Erleichterung war ihm anzusehen. Ganz kurz schmerzte sie mich, doch was hätte ich erwartet? Das war nicht Liebe gewesen dort oben am Berg, nur der Frühling und das Bedürfnis einsamer Körper.

Meine Gedanken schweiften erneut zu Loïc. Das war mehr als Liebe gewesen, es war ein Erkennen gewesen, wie es nur wenigen Menschen vergönnt war. Auch wenn ich jung gewesen war, zwei-mal-sieben Sommer alt. Und damit älter als die Braut, die man für Loïc erwählt hatte. Es hatte Zeiten gegeben, in denen ich kaum an ihn gedacht hatte, weil ich so damit beschäftigt gewesen war, zu überleben. Aber es hatte nie Zeiten gegeben, wo die Bitterkeit mich beherrschte und ich sicher war, ich hätte mir die Liebe nur eingebildet, verblendet von all den wunderbaren Geschichten, die Tegid mich gelehrt hatte. Oder dass Loïc nicht aus tiefer Liebe zu mir einen Krieg zwischen zwei Stämmen in Kauf nahm, sondern dass dies nur das Aufbegehren eines Herrschersohns gegen die strenge Hand des

Vaters war. Seine Stimme – denn ich war sicher, dass es seine Stimme war in den Träumen – war immer da gewesen, wenn ich in Gefahr war, wenn ich gar nicht mehr weiter wusste. Und seit einiger Zeit dachte ich wieder öfter an ihn. Ein Jahr noch dann waren es drei-mal-drei Jahre. Die Zahl der Vollendung ... Ich überlegte gar, nicht mehr den Wegweisern der Götter zu folgen, sondern gen Sonnenuntergang zu gehen, zurück in das Gebiet seines Stammes. Es wäre ein weiter Weg, wenn auch weniger weit als der, den ich hinter mir hatte, den die Götter mich in Schlangenlinien und weiten Kreisen bis hierher geführt hatten. Ich wäre heute Nacht beinahe unter dem Berg gestorben. Ich wollte nicht in die Anderwelt reisen, ohne Loïc wiedergesehen zu haben.

»Sie ist ein gutes Weib, mein Weib«, unterbrach Latobio erneut meine Gedanken.

»Dessen bin ich sicher.«

»Meine Eltern werden ihr durch den Winter geholfen haben. Bestimmt.«

Ich nickte und hörte Cú zurückkommen, hielt zwischen den Bäumen nach ihm Ausschau. Er und Branna kamen von bergaufwärts zu uns herab. Zufrieden legte er ein pelziges Tier vor mir ab. Branna landete daneben, sah genau wie der Hund nach Lob heischend zu mir hoch.

Latobio antwortete auf meinen fragenden Blick.

»Munggen. Sättigt gut.«

»Ihr seid die besten, ihr zwei«, sagte ich.

»Wir können später essen«, meinte Latobio. »Noch ein Stück den Berg hinab ist ein Platz, der windgeschützt an einem Bach liegt. Dorthin sollten wir noch bei Tageslicht.«

Er mühte sich wieder auf. Ich sah ihm die Anstrengung und die Schmerzen an, aber da war auch ein fiebriges Leuchten in seinen Augen, nun, wo er sich doch entschieden hatte, zu den Seinen zurückzukehren. Im Vorbeigehen tätschelte er Cús Kopf, während ich mir das nach einem fetten, schwanzlosen Eichhorn aussehende Tier mithilfe einer ledernen Schnur auf den Rücken band.

»Sie kann glücklich sein, euch zu haben«, brummte Latobio. »Ihr zwei seid ein Geschenk der Götter.«

Kapitel 15

Die beiden Alten

Die Stelle, zu der Latobio uns führte, lag zwischen einem schützenden Felsüberhang und einem schmalen Bach. Wir waren den ganzen Tag bergab marschiert und die Bäume rings um uns waren immer dichter und höher geworden. Ich spürte, wie ich aufatmete. Von all den Landschaften, die ich bereits durchwandert hatte, mochte der Berg mir den großartigsten Blick über die Welt geboten haben, war aber dennoch unter den vielen Gesichtern der Natur eines, dem ich mich nie verbunden fühlen würde.

Es wurde bereits dunkel, als wir unser karges Lager aufschlugen. Ich fachte rasch ein Feuer an, hatte bereits unterwegs meinen Vorrat an Baumschwämmen aufgefüllt, der oben auf dem kargen Gipfel geschwunden war wie Getreide in einem Mäusenest. Ich schabte mit meiner Messerklinge den trockenen Pilz in ein Bett aus ebenso trockenem Laub und schlug meinen Feuerstein gegen mein Schlageisen. Der kleine Beutel, in dem ich Feuerstein, Schlageisen und einen kleinen Vorrat an Zunder mit mir trug, zählte neben meinem Messer gewiss zu meinem wichtigsten Besitz. Ich empfand es als wohltuend, nun wieder so weit unter Bäumen zu sein, dass wir heute Nacht keinerlei Holzmangel für unser Feuer leiden mussten. Bereits beim ersten Schlag begann der Baumschwamm zu glosen und im Nu hatte ich ein fröhliches

Feuer angeblasen. Latobio hatte währenddessen das Munggen gehäutet und ausgenommen, die Gedärme Cú und Branna hingeworfen. Er reichte mir die abgezogene Haut.

»Zur Erinnerung, für dich«, sagte er. »Ist gutes Fell, schön warm. Halt nicht so groß wie die Rehhaut ...«

Ja, um darauf zu schlafen würde es nicht reichen, aber ich würde mir gewiss etwas für mich Wertvolles daraus fertigen. Das Fleisch war streng im Geschmack und voller Fett. Wir hatten uns beide im Bach gewaschen, doch nun troff unser Kinn und glänzte wie ein frisches Stück Speck. Latobio grinste mich an.

»Das gibt Kraft.«

Wir legten noch Holz bereit unter dem Felsüberhang, um das Feuer die ganze Nacht hindurch zu nähren. Der Wind blies durch die Bäume und es würde kalt werden. Ich hatte für uns beide ein Lager aus Tannennadeln aufgeschichtet, doch Latobio legte sich auf der anderen Seite des Feuers nieder.

Ich bedauerte es, gerne hätte ich noch eine letzte Nacht in seinen Armen genossen. Aber wir waren seiner Heimkehr wohl bereits zu nahe.

Cú schmiegte sich an mich und eine bleierne Müdigkeit überkam mich, sobald ich mich niederlegte. Das reichhaltige Essen, die Aufregungen und Anstrengungen des Tages. Es dauerte nicht lange und ich war eingeschlafen.

Ich erwachte mitten in der Nacht, als Latobio sich zu mir legte, mich von hinten umschlang. Seine bärtigen Küsse kitzelten mich im Nacken. Wir vereinigten uns, still und langsam. Es war ein Abschied. Und ein Dankgebet dafür, am Leben zu sein, einander durch diese Zeit begleitet zu haben.

Am Morgen wurden wir von leichtem Nieselregen geweckt. Latobios Knie war ein wenig besser geworden, trotz des anstrengenden Marsches bergab. Ich hatte es gestern mit kalten Umschlägen versorgt, während das Munggen über dem Feuer brutzelte, und er hatte von dem Fett des Tieres darauf geschmiert.

Wir kämpften uns weiter talwärts. Ich fand einen Stecken, der besser war als jener, den Latobio verwendete. Branna flatterte von Baum zu Baum, immer in meiner Nähe. Die Rabin wagte wohl nicht, zu hoch über die Wipfel zu fliegen, aus Sorge, ihre Begleiter aus den Augen zu verlieren.

Von Zeit zu Zeit, wenn der Hang besonders steil war, stützte Latobio sich noch auf mich, doch zumeist begnügte er sich mit seinem Stock. Wir schwiegen. Der Regen kam und ging, der Wald duftete nach Frühling.

Zu der Zeit, als die Sonne wohl am höchsten stünde, wenn man sie sehen könnte, erreichten wir einen schmalen Pfad, der quer den Berg entlang lief. Latobio hielt inne, stand schwer auf seinen Stab gestützt da.

»Nun ist es nicht mehr weit«, sagte er endlich und sein Blick folgte dem Pfad, der beinahe eben hinter einer Kurve verschwand. »Bis zur Nacht sollten wir dort sein.«

Wir waren immer noch weit davon entfernt, im Tal zu sein, und es kam mir vor, als gingen wir den Pfad entlang nun wieder leicht bergauf.

Wir hatten die Kurve noch nicht erreicht, wo der Weg hinter einem Fels verschwand, als Cú verhalten zu knurren begann. Nun hörte ich es auch. Leise Stimmen.

Latobio war stehen geblieben. Sein ganzer Körper spannte sich an, sein Blick glitt zu den Berghängen, doch es gab hier keine Möglichkeit, auszuweichen, rechts ging der Hang schroff und felsig bergauf, links steil bergab, wenn auch mit dichtem Wald bewachsen.

Die Stimmen näherten sich und dann standen ein Mann und eine Frau vor uns auf dem Pfad. Beide waren sie alt, das Haar unter dem Kopftuch der Frau war grau, das des Mannes unter einer Lederkappe weiß. Sie trugen beide geflochtene Körbe auf ihrem Rücken, die mit Ziegenfell abgedeckt waren. Sie stockten, als sie der beiden Menschen auf ihrem Weg gewahr wurden.

Einen langen Augenblick herrschte Stille, Cú hatte sich neben mich gesetzt, die Ohren aufgestellt. Branna war auf meiner Schulter gelandet. Wir mussten einen eigenartigen Anblick ergeben, so verdreckt und mager, wie wir waren.

Die alte Frau sprach als erste.

»Latobio? Bei den Göttern, bist das du?«

Latobio, der zwei Schritte vor mir stand, nickte. Ich konnte sein Gesicht nicht sehen, aber ich sah die Knöchel seiner Hand, die weiß vor Anspannung um seinen Stab gekrallt waren.

»Bei Bel! Hat die Anderwelt dich etwa wieder ausgespuckt?«, sagte der Mann erstaunt.

»Viel hat sie aber nicht lassen von dir«, fügte die Frau hinzu. Endlich schien Latobio seine Stimme wiedergefunden zu haben. Er machte die wenigen Schritte auf die alten Leute zu, hinkend, wie er nun mal unterwegs war, und verneigte sich.

»Welch Freude, euch beide wohlauf zu sehen.«

»Ja«, sagte der Mann, »es scheint, der Winter war uns gnädiger als dir. Wir dachten, du bist tot.«

»Das dachte ich auch«, sagte Latobio und ich meinte, beinahe ein Lächeln in seiner Stimme zu hören. »Aber die Götter haben wohl anderes vor.«

Die alte Frau legte ihm leicht die Hand auf den Oberarm, sah an ihm vorbei zu mir her. Ich nickte höflich.

»Ist gut, wenn du heimkommst.«

Der Blick, den der alte Mann seiner Frau zuwarf, wirkte nicht davon überzeugt.

»Wir sind zum Markt unterwegs. Vielleicht magst mit?«

Die Frau sah ihren Mann mit gerunzelter Stirn an. »Was soll er mit? Heim soll er! Was redest du für Unsinn, Mann! Wird einen halben Mond mit uns unterwegs sein, wenn er endlich heim kommt!«

Latobio sah zwischen den beiden hin und her.

»Wie ist's daheim?«, fragte er und ich hörte die Angst in seiner Stimme.

Der Mann zuckte die Schultern.

Die Frau schwieg.

Ich trat näher heran und blieb knapp hinter Latobio stehen. Mich beschlich das dumpfe Gefühl, dass er Unterstützung benötigen könnte.

»Hast dir eine neue Frau gefunden?«, fragte der Mann und deutete mit dem Kinn zu mir.

Latobio schüttelte den Kopf.

»Na, ist doch eine Frau, seh ich doch!«, setzte der Mann etwas lauter nach.

»Unsere Wege haben sich nur zufällig gekreuzt«, erklärte ich sanft. »Latobio hat mich gerettet, als ich mich in der Wildnis des Berges verirrte.«

Sein Blick zuckte kurz zu mir, der Hauch eines Lächelns erschien unter seinem struppigen Bart.

»Hiesige ist das keine«, stellte die alte Frau fest. »So redet keiner bei uns, nicht mal am Markt unten.«

»Sie kommt von weither«, brummte Latobio. »Wie ist's im Dorf?«, wiederholte er seine Frage.

Das alte Ehepaar sah einander an. Die Frau seufzte.

»Dein Vater ist gestorben. Ist deinem Buben gefolgt. Schon vor der Sonnwend.«

Latobio rührte sich nicht, doch die Hand um seinen Wanderstab wurde erneut weiß vor Anspannung.

»Oh.«

Der alte Mann nickte. »Das Fieber. Die Mutter war auch lang krank. Aber die Weiber sind zäh, nicht wahr?«

Er grinste zahnlos.

»Und … die Rodja?«

Wieder ein Blick zwischen den Eheleuten.

»Die ist gesund«, sagte die Frau.

Der Mann nickte. »Ja, gesund ist sie.«

»Aber?« Latobio presste das Wort mühsam zwischen den Zähnen heraus.

Der Alte zuckte erneut die Schultern. »Weißt ja, wie's ist, wenn eine Frau alleinig ist.«

»Wer?«

»Der Bormo. Die seine ist auch im späten Herbst am Fieber gestorben. War schlimm, das Fieber diesen Winter. Und – da müssen wir uns nichts vormachen, oder, Latobio? Ein Auge hat er immer schon auf die deine gehabt. Ist ja auch ein fesches Weib, dein Weib.« Der alte Mann nickte, versonnen lächelnd.

Latobio nickte auch, mit steinerner Miene.

»Ihr habt noch einen weiten Weg«, sagte er dann und trat einen Schritt zur Seite. »Ich sollte euch nicht aufhalten.«

Er klang kalt. Zu gerne hätte ich ihm die Hand auf den Rücken gelegt, um ihm zu zeigen, dass ich bei ihm war. Aber vor den beiden Alten würde ich es gewiss nicht tun.

»Ach was, wenn der Weg so weit ist, macht ein kurzer Schwatz auch nichts. Wenn schon mal einer zurückkommt, den man für tot hält.« Die Alte nickte vor sich hin.

»Bis zum Weiler wollen wir noch, eh es dunkel wird. Ist nicht so weit. Aber du solltest dich eilen, wennst vorm Dunkel im Dorf sein willst.«

Latobio nickte. »Ja, ihr habt recht.«

Der alte Mann klopfte ihm auf die magere Schulter. »So ist es halt, wenn man weggeht. Man kommt nicht dorthin zurück, wo man losgegangen ist.«

Sie schoben sich auf dem schmalen Pfad aneinander vorbei. Latobio stapfte schweigend weiter, ich hörte noch die Stimmen der Eheleute, bis auch ich um den Felsen herum die Kurve genommen hatte.

»Der Latobio …«, sagte die Alte. »Das hätt auch keiner gedacht.«

»Aber das war eine Frau, bin ja nicht blind«, sagte der Mann. Der Rest ihres Gesprächs war nicht mehr zu hören.

Latobio wurde immer langsamer. Er schien Mühe zu haben, genügend Luft zu bekommen und irgendwann blieb er stehen, starrte den Hang hinab, als wolle er sich hinunterstürzen.

Ich fasste ihn sanft am Oberarm.

»Komm, lass uns rasten.«

Ich zog ihn weg vom Abhang, ein paar Schritte den Berg hinauf, der hier, hinter dem großen Felsen, waldig und leichter begehbar war. Latobio sank an einem Baumstamm nieder, verbarg sein Gesicht in seinen Händen.

Ich sagte nichts. In meinen Gedanken suchte ich nach einer Geschichte, doch ich wusste, dass es in diesem Augenblick keine Geschichte gab. So legte ich ihm nur die Hand auf die Schulter, kniete neben ihm und schwieg.

Auch Cú und Branna blickten auf Latobio und schienen zu warten, beide hatten sie ihren Kopf schiefgelegt und lauschten. Irgendwann versuchte Latobio gar nicht mehr, sein Schluchzen zu verbergen. Der Kummer ließ seine Schultern beben.

Nach einer langen Zeit hob er den Blick und zu meiner Verwunderung war da Wut. Latobio griff zu dem Anhänger, den ich ihm geflochten hatte, er riss sich die Kette vom Hals.

»*HerzensTruhe*, hast du gesagt. Was nutzt mir das, wenn es das Herz mir zerreißen mag? Gestorben wär ich besser. Nun ist der Vater tot, die Rodja Bormos Weib. Der mit dem Bier ist das. Just der. Nur weil ich nicht da war.«

Erneut wurde er von Schluchzen gebeutelt.

»Und deshalb musst du zurück«, sagte ich ruhig.

»Was willst du mir das sagen!«, bellte Latobio mich an. »Du weißt doch nicht, was das heißt, in so einem Dorf. Wennst anders bist als alle. Du bist frei.«

Lange sah ich ihn an. Nein, wir würden beide nie wirklich verstehen können, was der andere empfand.

»Hast du nicht gesagt, ein Jahr hat eine Frau Zeit zu sehen, ob sie bei dem Mann bleiben will?«

Latobios Blick verlor langsam seine Hitze. Er nickte.

»Also? Warum sollte sie nicht zu dir zurückkommen?«

»Du kennst den Bormo nicht.«

Ich verzog die Lippen zu einem leisen Grinsen.

»Ich kenne dich. Ich würde zu dir zurückkommen.«

Er sah mich erstaunt an.

Ich lächelte. Nein, wahrscheinlich würde ich nicht zu einem wie Latobio zurückkommen. Aber ich war auch keine Frau aus einem Dorf, keine, die einen Hof und eine Familie hatte. Seine Frau hatte ihm sieben Kinder geboren, allein der gemeinsamen Nachkommen wegen ging man doch ungern zu einem anderen. Zumindest stellte ich mir das vor, aber was wusste ich schon.

Latobio schüttelte den Kopf. »Ich kann nicht zurück.«

»Du musst. Oder willst du, dass die Alten wieder ins Dorf kommen, erzählen, dass du lebst, sie dir begegnet sind – aber dass du zu feige warst, ins Dorf zu gehen?«

Er schwieg.

»Vielleicht glauben sie, sie sind einem Geist begegnet«, sagte er schließlich.

Ich seufzte. Sein Platz war in seinem Dorf, das hatte ich ganz deutlich gefühlt, als ich ihm das Wort flocht. Und meine Aufgabe war es wohl, ihn dorthin zurückzubringen. Mit dem Wortflechten alleine war es nicht getan.

»Weißt du was?« Ich hielt meine Stimme weich und sanft, kraulte Cú. »Lass uns noch diese eine Nacht hier bleiben. Und

91

morgen Früh gehe ich in dein Dorf und sehe, wie es ist dort. Dann kannst du entscheiden, was du tun willst.«

Er sah mich musternd an.

»Für deine Töchter, Latobio. Oder willst du, dass dieser Bormo über sie bestimmt? Ihnen einen Mann sucht? Sie behandelt wie das Vieh in seinem Stall?«

Er senkte den Kopf.

»Und was wir auch machen«, fuhr ich betont leichtherzig fort, »wir bringen dich in einen besseren Zustand. Ich rasiere dir den Bart, schneide dir die Haare ... Du kannst meinen Umhang haben, er ist nun auch nicht gerade der beste, aber er macht doch mehr her als nur deine zerschlissene Camisia.«

Er sah mich zweifelnd an, doch dann nickte er.

Kapitel 16

Ins Dorf

Als ich am nächsten Morgen erwachte, war Latobio schon auf. Er saß neben einem kleinen Feuer und starrte den Weg entlang. Wer weiß, vielleicht hatte er die ganze Nacht hier gesessen. Er sah immer noch mager und hohlwangig aus, aber wesentlich jünger. Sein Haar reichte nun nur knapp unter die Ohren, sein Gesicht war bis auf einen Schnurrbart unbehaart und sauber, wenn auch blasser dort, wo bis gestern noch der Bart wucherte. Es war ein Gesicht, wie aus Holz geschnitzt, kantig und hart. Nur die Augen waren weich darin, gute Augen.

Ich wollte ihn nicht gerne alleine lassen. Wer wusste, was über ihn kam, so nahe an seinem Dorf, voll der schlechten Neuigkeiten. Doch was hatte er erwartet? Tot hatte er sein wollen, er hatte doch damit rechnen müssen, dass seine Frau von einem anderen genommen wird. Im Winter starben immer mehr Menschen, auch das war nicht verwunderlich …

Ich gedachte der Geschichten über das Reich der Feen in meiner Heimat. In Gallien war ich ähnlichen Erzählungen begegnet, doch ich wusste nicht, ob hier in dieser Gegend es ebenfalls solche Wesen gab, die die Menschen zu sich in ihr Reich lockten und wenn sie zurückkamen, dann waren nicht, wie gefühlt, ein paar Nächte vergangen, sondern Jahre. Ein wenig kam mir Latobio so vor. Als wäre die Zeit für ihn da oben auf dem Berg stillgestanden.

Ich zog mich hinter ein paar Büsche zurück, um einen Moment alleine zu haben. Viel hatte ich nicht, das ich den Göttern opfern konnte, so knüpfte ich rasch einen kunstvollen Knoten aus einigen meiner Haare und vergrub ihn den Waldgöttern zur Freude unter den Wurzeln einer Föhre.

»Möget ihr Latobios Weg glücklich zu Ende führen«, sagte ich leise.

Branna kam zu mir geflogen, sah mir neugierig zu. Die Rabin fand es immer spannend, wenn etwas vergraben wurde und wie jedes Mal musste ich darauf achten, dass sie es nicht wieder ausgrub.

»Komm, Branna!«, sagte ich und hob den Arm, dass die Rabin aufsitzen konnte. »Zeit, dass wir wieder unter Menschen gehen.«

Ich fühlte bei aller ängstlichen Aufregung auch eine große Vorfreude. Menschen. Ein Dorf, in dem ich Geschichten erzählen konnte, lauschende Gesichter erblicken würde. Ich liebte den Anblick von Menschen, die mir zuhörten, in meine Geschichten eintauchten.

Am Weg zurück zu unserem Nachtlager ging ich bereits in Gedanken durch, was ich alles erzählen könnte.

Ich band meinen Gürtel um, schulterte die Ziegenfelltasche.

Unschlüssig stand ich eine Weile da.

»Ich lasse Cú bei dir«, sagte ich dann mit einem angespannten Lächeln. »Will ja niemanden in deinem Dorf verschrecken ...«

Vor allem wollte ich Latobio nicht alleine lassen.

Er nickte. Ob er meine Absicht durchschaute oder nicht, Hauptsache, er stimmte zu.

»Ehe es dunkel wird, komme ich zurück. Wer weiß, vielleicht bring ich deine Rodja und die Mädchen ja mit mir, um dich zu begrüßen.« Mein Lächeln wurde breiter.

Er hob den Kopf.

»Sei vorsichtig«, sagte er. »Sie haben es nicht so mit Fremden. Sind nicht so freundlich wie ich.«

Ich nickte. »Wenn du das Maß ihrer Herzlichkeit bist, weiß ich ja, was mich erwartet.«

Er grinste sogar kurz. Starrte dann wieder den Hang hinab.

Cú hieß ich bei ihm bleiben. Branna setzte sich auf meine Schulter und ich marschierte los. Der Morgen war kühl und es war schattig in der engen Schlucht.

Ich war eine Weile den schmalen Pfad entlang gegangen, als ich einen Pfiff hörte. Es klang nach einem Vogel, doch ich war nun lange genug in dieser Gegend gewesen, um die hiesigen Vogelstimmen zu kennen und zu merken, dass es ein Mensch war, der hier pfiff. Mein Blick glitt den Hang hinauf, der von dichten Nadelbäumen bewachsen war. Ich konnte niemanden sehen, und war doch sicher, dass ich beobachtet wurde. Weiter vorne den Pfad entlang erklang der Pfiff nun ebenfalls, dann leiser in weiter Ferne. Man kündigte mich an. Wahrscheinlich die Kinder, die zum Schweinehüten im Wald waren. Auch gut, dann würde man eben wissen, dass jemand kam.

Ich legte mir zurecht, was ich sagen könnte, wenn ich den Menschen in Latobios Dorf begegnete. Ich musste Rodja und Bormo ausfindig machen, sehen, wie Latobios Aussichten standen. Ob man ihn verurteilen würde für den Tod seines Sohnes oder ob sein Weib Anzeichen zeigte, ihn wiedersehen zu wollen. Und das sollte mir gelingen, ehe ich erwähnte, dass er lebte ... nun, ich würde es schon schaffen. Mit der einen oder anderen Geschichte und der Unterstützung durch Ogmios, den Gott der Redekunst ...

Es begann zu nieseln und kaum Licht schien in das enge Tal hinein, durch das ich marschierte. Vorne, in einiger Entfernung, schien die Schlucht zu enden, als ginge ich direkt auf eine Felswand zu. Es war ein wenig wie das Tal, das ich in meinem Geist gesehen hatte, als ich das Wort für Latobio flocht.

Ich hielt an, blickte den Weg entlang. Ein Dorf am Ende einer engen Schlucht. Alles in mir schrie, dass ich umkehren solle. Nur in größter Not ginge ich normalerweise in solch ein Dorf, wo nicht sicher ist, ob es einen weiteren Weg hinaus gab. Wo ich in der Falle sitzen könnte. Und schon gar nicht ginge ich alleine, ohne Cú an meiner Seite ... Ich drehte mich um, sah in die Richtung, aus der ich gekommen war. Dort hinten saß irgendwo Latobio, dessen Heimat dieses Dorf war. Ich hatte ihm angeboten, für ihn die Lage zu erkunden. Nun musste ich darauf vertrauen, dass er mich nicht hätte gehen lassen, wäre ich im Dorf in Gefahr. Ich würde vorsichtig sein. Das war ich immer. Und ich würde die Sache möglichst rasch hinter mich bringen.

Bald stand ich tatsächlich vor einem steinernen Wall. Die Schlucht bildete hier eine natürliche Engstelle, links und rechts ragten Felsen beinahe bis an den Weg. Ich fragte mich, wie in diesem schmalen Tal überhaupt ein Dorf Platz fand. Mitten in dem Durchlass zwischen den Felsen, der vielleicht Raum für einen Ochsenkarren bot, standen drei Männer und erwarteten mich bereits. Breitbeinig, die Arme vor dem Körper verschränkt, selbstsicher.

Ich sah den einen ein wenig zucken, einen verwirrten Ausdruck über sein Gesicht huschen. Mit Sicherheit hatten sie nicht damit gerechnet, dass es ein einsames Weib war, das die Kinder gemeldet hatten. Ein Weib mit einem Raben auf der Schulter, dem Todesvogel. Die beiden anderen warfen einander einen kurzen Blick zu.

Alle drei trugen sie Braccae und langärmelige Camisias aus grob gewebter Wolle, in denselben blassen Farben wie Latobio, Brauntöne, die dem natürlichen Vlies der Schafe entsprachen. Auf den Köpfen Lederkappen, die dieselbe leicht spitze Form hatten wie jene, die ich dem toten Mann im Wald abgenommen hatte. Nur dass für die Kappen der Männer hier das Fell der Tiere nicht abgeschabt worden war, ich konnte ein wenig Schafvlies an den Kanten hervorblitzen sehen.

Sie trugen keine Umhänge, aber dafür gut sichtbar lange Messer an ihren Gürteln. Und alle drei hatten die gleiche Art von Stiefeln an wie Latobio, weiches Leder, das über den Knöchel hinauf reichte.

Ich war gut zwei Mannlängen von ihnen entfernt stehengeblieben und musterte sie, als wäre ich es, die hier zuhause war und die Männer die Eindringlinge. Es war selten von Vorteil, nach einem hilflosen Weib zu wirken. Ich merkte, dass es den einen der drei verunsicherte. Er schielte immer wieder zu den anderen beiden. Zumindest einer, immerhin. Ich fragte mich, ob einer davon Bormo war.

»Seid gegrüßt«, sagte ich schließlich nach einem langen Moment der Stille, lächelnd.

Die Männer antworteten nicht. Oh, Latobio war wahrlich einer von ihnen!

»Wie schön, hier auf Menschen zu stoßen. Ich habe meinen Weg verloren und wäre sehr dankbar, wenn ich bei euch ein wenig rasten könnte.«

Ich nahm denn doch an, dass Gastfreundschaft selbst in diesem abgelegenen Tal den gleichen Stellenwert hatte wie sonst überall auf der Welt.

Der breitschultrigste der drei machte einen Schritt vor.

»Da verirrt sich keiner her.«

Ich zwang mein Lächeln noch breiter.

»Doch, ich zum Beispiel.«

»Ein Weib. Alleine.« Es klang vorwurfsvoll und ich bemerkte die verstohlenen Blicke, die die anderen beiden an mir vorbei den Pfad entlang warfen.

»Ja. Ich und meine Rabin, wir irren schon lange durch diese Berge. Nun hat ein Felsregen uns noch unseres letzten Besitzes beraubt … ich bitte euch, gönnt mir eine Rast unter euren Dächern, ein wenig zu essen … ich will euch gerne mit einer Geschichte bezahlen.«

»Haben genug eigene Geschichten, brauchen keine von Fremden.«

Bei den Göttern, diese Männer waren tatsächlich so zäh wie Latobio. Und ich hatte gedacht, es hätte an der Einsamkeit oben am Berg gelegen.

»Ein wenig Essen? Eine kurze Rast für eine müde Wanderin?«

Die drei Männer warfen einander Blicke zu, beugten die Köpfe ein wenig zueinander. Sie sprachen leise, aber nicht so leise, dass ich nicht alles verstehen konnte.

»Es ist Frühling, viel gibt's nicht. Kaum genug für uns.«

»Aber das ist eine Frau«, sagte der Jüngste, der, der vorhin ängstlich zu den anderen geblickt hatte.

Der, der ihr Wortführer war, lachte. »Willst leicht ein Weib?«

»Sind ein paar gestorben im Winter«, antwortete der Jüngste trotzig. »Die Auswahl ist nicht mehr groß.«

»Na und. Deshalb wirst keine Fremde nehmen, eine dahergelaufene. Eine, die mit Geschichten bezahlen will. Was glaubst, die redet, bis dir die Ohren abfallen, eh du ihr ein Kind machen darfst.«

Der Dritte lachte.

»Du hast leicht reden, hast dem Latobio seine Frau«, sagte der Jüngste zum Wortführer.

»Und seine Töchter alle«, grinste der Dritte.

War der Breitschultrige also Bormo. Der Anführer des Dorfes, wie es schien, nicht nur ein bierbrauender Nachbar. Ich fühlte Latobios Aussichten schrumpfen.

»Kannst gern eine haben«, wandte sich Bormo grinsend an den Jüngsten.

Hinter den drei Männern tauchte plötzlich ein weiterer auf, älter als die drei. Sein Gewand war nicht besser als das der anderen, doch seine Haltung hatte weniger von männlichem Gehabe denn von wahrer Macht.

»Es heißt, ein Fremder ist gekommen?«, sagte er und es klang beinahe überheblich. Er musterte mich von oben bis unten, nachdem ihm die drei Männer Platz gemacht hatten. Er hatte die gleichen hellen Augen wie Latobio. Wüsste ich nicht, dass dessen Vater gestorben war, hätte ich diesen Mann dafür halten können.

»Sei gegrüßt«, sagte ich, den Kopf hoch erhoben. »Ich bin Arduinna und habe mich in den Bergen verirrt. Ich bat eure Männer, bei euch rasten zu dürfen.« Mein Lächeln wurde breiter. »Doch es scheint, sie können sich nicht einigen, in wessen Haus ich bleiben darf …«

Der Alte schwieg, ließ den Blick nicht von mir ab.

»Sie ist ein Weib, Ater«, sagte der Jüngste. »Allein, sagt sie. Ein Weib, alleine!«

»Mit einem Raben«, brummte Bormo. »Todesvogel am Schlachtfeld.«

»Und? Hat es wo eine Schlacht da?«, sagte der alte Mann ruhig. »Habt ihr etwa Angst vor ihr, dass ihr sie nicht durchlasst?«

Die drei Männer verneinten.

»Reinlassen könnt ihr sie ja wohl«, fuhr der Alte fort und ich bekam ein ungutes Gefühl bei der Art, wie er das sagte. Ich sollte besser gehen. Aber noch immer wusste ich nicht, wie man Latobio hier aufnehmen würde. Ehe ich überlegen konnte, wie ich das nötige Wissen erhielt, ohne das Dorf zu betreten, machte man mir Platz und deutete mir, weiterzukommen. Ich schritt durch die Felsenge, den Kopf hoch erhoben, den Magen verkrampft, die Männer nun hinter mir. Vor mir weitete sich die Schlucht zu einem Kessel, etwas mehr als ein Dutzend Hütten stand da, die meisten aus Steinen aufgeschichtet. Zwischen den Häusern liefen ein paar Ziegen herum und soeben kam von einem der Hänge ein Bub herab, dem eine Herde Schafe folgte. Frauen und Männer standen neugierig herum, hatten in ihren Tätigkeiten innegehalten, um die Fremde zu betrachten. Ich nickte freundlich. Branna trippelte nervös auf meinen Schultern herum.

»Bormo, magst sie bei dir unterbringen für die Nacht«, befahl der Alte.

Bormo verzog das Gesicht. »Ist etwas eng bei mir für einen Gast, mit Rodja und den Gören.«

Die Augenbrauen des Alten hoben sich einen Hauch.

»Wozu hast Latobios Hütte? Dort ist nur die Alte.«

Er wandte sich ab und schritt ohne ein Wort des Grußes davon. Ich atmete aus. Immerhin, Latobios Hütte, mit seiner Mutter. Das war doch gut, egal, wie abweisend hier alle waren. Besser als erwartet eigentlich. Ich musste dann nur einen Weg finden, rasch wieder zu verschwinden.

Wieso hatte mir Latobio nicht gesagt, dass sein Dorf nur diesen engen Eingang hatte, besser geschützt als so manche Festung eines Reix?

Bormo deutete mir mit einer Kopfbewegung, ihm zu folgen. Das halbe Dorf schien hinter uns herzuschleichen, während wir uns einer der Hütten nahe dem Steilhang zubewegten. Ein wenig windschief lehnte das Haus gegen den Fels und ich musste ein Lächeln unterdrücken, weil es mich an den Unterstand oben am Berg erinnerte. Doch dies hier war weit größer, hoch genug, darin zu stehen und einer Familie von beinahe einem Dutzend Platz zum Schlafen zu bieten.

Bormo öffnete, ohne zu klopfen die grobe niedrige Holztüre. Die Lederriemen, die als Scharniere dienten, knirschten. Das Dach, im Gegensatz zu oben am Berg aus flachen Steinplatten gefertigt, reichte auf dicken Balken weit vor das Haus, bot einen trockenen Platz, um auch bei Regen in der Helligkeit des Tages Arbeiten zu verrichten.

Drinnen war es dunkel, nur schwache Glut gloste in der Feuerstelle in der Mitte und es gab keine Lichtöffnungen außer der niedrigen Türe. Eine alte Frau schreckte hoch, sie hatte neben dem Feuer gesessen und sortierte etwas in zwei Schalen vor sich, vielleicht waren es Samen für die Aussaat, ich konnte es nicht erkennen.

»Die schläft heut da«, sagte Bormo.

Branna schlug mit ihren Flügeln, es behagte ihr gar nicht, in dieses dunkle Haus mitzukommen. Doch ich legte ihr die Hand auf die großen Krallen, die sich in meine Schulter bohrten, und der Vogel beruhigte sich. Wenn Cú nicht hier war, mich zu begleiten, so wollte ich zumindest die Rabin bei mir haben.

Hinter Bormo kam eine jüngere Frau angerannt, bloßfüßig, in einem schlichten Kleid aus grober Wolle. Sie blieb neben ihm stehen, sah mich mit großen Augen an, betrachtete meinen Peplos aus Leinen ganz genau. Natürlich, hier gab es kein Leinen, so hoch in den Bergen. Gerne hätte ich dem fast neidisch wirkenden Blick erwidert, dass ich diesen Winter viel darum gegeben hätte, einen Peplos aus warmer Wolle stattdessen zu besitzen …

»Hol was zu trinken, Weib. Soll keiner sagen, wir sind nicht gastfreundlich. Was vom Bier, wenn noch da ist.«

Die Frau eilte davon.

Ich trat in die Hütte, grüßte höflich.

Bormo wandte sich ab, scheuchte die anderen, die uns gefolgt waren, davon. »Habt ihr nichts zu arbeiten? Habt ihr noch nie eine Frau gesehen?« Er lachte und ging davon.

»Verzeih, dass ich so eindringe«, sagte ich, als ich mit der Alten alleine war. Ich konnte Latobios Züge in ihrem Gesicht erkennen. Man sah ihr an, dass sie krank gewesen war und wie bei ihrem Sohn lag Kummer in ihren hellen Augen.

Sie zuckte die Schultern. »Setz dich.«

Mit knorrigen Fingern schob sie ein paar Zweige ins Feuer, es knisterte und die Flammen schossen in die Höhe. Ich nahm auf dem steinigen Boden Platz, es gab keine Felle, darauf zu sitzen. Die Hütte wirkte verlassen, als hätte man allen Besitz daraus woanders hingeräumt und nur die Alte hier vergessen, die auf einem fleckigen Schaffell saß, immer weiter runde Körner von einem Beutel auf die zwei Schalen aufteilend. Nur ein Gewichtswebstuhl lehnte hinten an der Wand, doch es war kein Stoff darauf gespannt, nicht einmal Kettfäden. Die steinernen Gewichte lagen auf einem Haufen daneben. Dieses Haus versprühte eine unglaubliche Trostlosigkeit.

Die jüngere Frau kam zurück, einen Krug und eine Trinkschale in Händen. Sie blieb ein wenig verlegen vor mir stehen. Ich hoffte, sie würde sich zu mir setzen.

»Bier ist keines mehr da.« Sie reichte mir die hölzerne Schale, schenkte ein. »Wasser. Mehr hab ich nicht.«

»Danke.« Ich nahm einen Schluck, es war eisig kalt, musste direkt aus einem Bach kommen. Dann reichte ich die Schale der Alten weiter, wie es sich gebührte, doch diese schüttelte nur den Kopf.

Die Jüngere legte ein paar Scheite Holz im Feuer nach. »Musst nicht so sparen, Mutter.«

Ich beschloss, die Gelegenheit zu nützen. »Du bist Rodja, oder?«

Die Frau stockte, sah erstaunt auf.

»Ja.«

Ich warf einen Blick zur offenen Türe. Wenn ich Glück hatte, würde niemand herkommen. Doch ich wagte nicht, bereits jetzt Latobio zu erwähnen.

»Dein Mann sagte, ihr habt viele Töchter.«

Ich war mit Bormo gekommen, mochte Rodja annehmen, dass ich ihn meinte.

Rodja sah zu ihrer Mutter, nickte.

»Söhne auch?«

Ich konnte fühlen, wie die beiden Frauen noch verschlossener wurden.

»Verzeiht, wenn ich frage. Ich … ich habe erst vor kurzem meinen Sohn verloren …« Ich bemühte mich um ein trauerndes Gesicht, selbst überrascht von der Lüge, die Gott Ogmios mir da auf die Zunge gelegt hatte.

Rodja senkte den Kopf.

Die Alte nickte.

»Ich auch«, sagte Rodja leise.

»Miiist!«, machte Branna, die es hier langweilig fand. Die beiden Frauen erschraken einen Augenblick, lachten dann aber, erleichtert über die Ablenkung. Ich verbiss mir meine Wut auf die Rabin.

»Ist schon etwas anderes als Töchter, so ein Sohn, oder? War er Bormos einziger Nachfolger?«

Rodja wechselte unbehaglich von einem Bein auf das andere, sah nun auch hastig zur offenen Türe. »War nicht sein Sohn. Keins der Kinder ist seins. Mein Mann ist gestorben, im Herbst.«

»Oh, das tut mir leid. Er und dein Sohn?«

Branna kletterte in meinen Schoß, steckte ihren Schnabel in die Trinkschale.

Rodja zuckte die Schultern. »Beide, ja. War eine schlimme Geschichte.«

»Das Fieber, nehm ich an?«, fragte ich rasch.

»Der Kummer«, sagte zu meiner Überraschung die Alte. Ich sah zu ihr. Auch Rodjas Blick zuckte zu ihrer Mutter. »Der Bub ist gestürzt, vor den Augen vom Vater. Auf einen Tonkrug drauf, tot war er. So schnell kann es gehen.«

»So viel Blut …«, sagte Rodja leise. »Der Hals war ganz offen … wie an einer Schnur ist der Kopf gebaumelt …« Sie wandte den Blick ab.

»Hat scharfe Kanten, so ein Krug, wenn er bricht …«, setzte die Alte noch hinzu und machte eine Geste, als ramme sie sich eine Scherbe in den Hals. Es war etwas an ihrem Tonfall, das mir das Gefühl gab, die Alte wusste die Wahrheit. Dass es nicht der Krug alleine gewesen war, der dem Jungen das Leben gekostet hatte.

»Und dein Mann?«

Rodja zuckte die Schultern.

»Weg ist er. Der Bub war sein liebstes. Ich schätz, nach der Schneeschmelze findet sich sein Körper …« Sie wandte den Blick ab, starrte einen langen Augenblick in die zuckenden Flammen der Feuerstelle. »Er war nie so einer wie die anderen. Nicht hart genug für da. Ein guter Mann, das war er.«

Da war keine Wut in ihrer Stimme, nur Trauer und Ergebenheit in die Wirren des Lebens.

Ich schwieg. Wie bitter doch, dass Latobio sich so quälte. Ich fragte mich, ob ich Rodja sagen sollte, dass er noch lebte. Oder ob ich schauen sollte, dass ich rasch wieder zu ihm zurückkam und ihn herholte, ja, das war mir lieber.

»Aber zumindest hast du wieder einen Mann, nicht?«

Ich lächelte. Ein bisschen mehr wollte ich noch wissen, wie Latobios Aussichten standen. Für den Tod seines Sohnes würde man ihn offensichtlich nicht belangen, wenn sie es für einen Unfall hielten.

Die Alte schnaubte leise.

Alle Weichheit schwand aus Rodjas Stimme. »Ja. Sein Weib ist gestorben, wir hatten viel Fieber da … Ist eine Ehr, dass er mich will, ist der größte Bauer da nach dem Ater.«

Ich sah ihr in die Augen. »Aber der andere war dir lieber, oder?«

Rodja straffte sich. »Man tut, was man muss. Werd dir zu essen holen.«

Ich nahm einen weiteren Schluck von dem kalten Wasser. Rodja ging aus der Hütte hinaus, band im Gehen ihr Tuch um den Kopf fester. Wie wenn man einen Riemen um ein Reisigbündel schlang, damit es nicht auseinanderfiel, dachte ich.

Die Alte sah mich musternd an.

»Keine Frau kommt sonst daher«, sagte die Alte nach einer Weile, den Blick auf Branna gerichtet.

Ich nickte.

Wir schwiegen.

Die Alte teilte die Samenkörner auf die zwei Schalen auf.

Branna kletterte meinen Arm hinab, betrachtete neugierig, was die Alte tat.

»Habt Dank für das Wasser, mögen die Götter euch allen immer wohlgesinnt sein«, sagte ich und erhob mich. Ich wollte Latobio so rasch wie möglich hierher holen. Und ich wollte raus aus diesem dusteren Haus, es wollte mir den Atem nehmen hier herinnen.

Die Alte schnaubte erneut. »Ob wohlgesinnt oder nicht, es ist, wie es ist. Man tut, was man muss.«

Ich sah ihr in die Augen. Im Flackern des Feuerscheins war in dem runzeligen Gesicht viel Bitterkeit zu erkennen. Diese Frau hatte in einem Winter Mann, Sohn und Sohnessohn verloren. Und saß nun alleine, in einem leeren Haus, auf den eigenen Tod wartend.

Ich lächelte, auch weil mir bewusst wurde, dass ich denselben Satz in der Geschichte mit dem Schatz benutzt hatte. »Manchmal überraschen die Götter einen in ihrer Zuneigung.«

»Wie ist dein Sohn gestorben?«, fragte die Alte unvermittelt.

Ich hob den Arm, damit Branna auf meine Schulter flog, um einen Augenblick des Nachdenkens zu gewinnen. Die Rabin keckerte fröhlich, was die Alte schmunzeln ließ. Es war etwas an Branna, das die Menschen mir wohlgesinnt machte, wenn sie nicht dem Bild des Todesvogels verfielen. Die Rabin versprühte eine kindliche Leichtigkeit und es schien mir immer, dass die meisten Menschen genau diese vermissten. Doch es würde mir nicht die Antwort auf die Frage ersparen.

»Mein Sohn … der Winter war hart, sehr hart. Der Hunger … die eisige Kälte … Er war zu schwach.«

Ich war gut darin, Geschichten zu erzählen, weniger gut darin, geradeheraus zu lügen, auch wenn ich es oft genug zwangsweise tat. Doch als ich meinen soeben erfundenen Sohn erwähnte, passierte das, was auch bei meinen Geschichten so oft geschah. Er nahm Form an vor meinen Augen, in der düsteren Luft der Hütte erwuchs er zu einem kleinen Jungen von vielleicht vier Sommern, mit rotbraunem Haar wie ich, der neben mir herstapfte und mich mit großen Augen ansah. Ich musste schlucken und hob den Blick nach oben, um die aufwallenden Tränen zu unterdrücken. Es war etwas an der Macht der Worte, das ich durchaus hasste. Sie schafften Wirklichkeiten, wo noch einen Augenblick davor keine gewesen waren. Und manche dieser Wirklichkeiten waren schmerzhaft. Ich hätte viel darum gegeben, ein Kind Loïcs zu haben.

»Ja«, murmelte die Alte. »Sie sterben leicht, die Kinder …«

Ich war dankbar, dass Rodja in diesem Moment wieder in die Hütte trat. Sie trug eine Schüssel in der Hand, aus der es verlockend dampfte.

»Viel ist es nicht«, sagte sie entschuldigend.

»Hab Dank«, sagte ich und beugte meinen Kopf über den warmen Brei. Im Dunkel der Hütte war wenig zu erkennen, aber er duftete nach Hirse und Fleisch. Mein Magen knurrte. Es kam mir wie eine Ewigkeit vor, dass ich Getreide gegessen hatte. Gerne hätte ich mich vor der Hütte hingesetzt, hatte hinausgehen wollen, ehe Rodja zurückkam, aber nun musste ich hier herinnen wieder Platz nehmen, wo Leid und Trauer hingen wie Eiszapfen im Winter.

Ich schloss einen Moment die Augen, dankte den Göttern für das Mahl. Gerne hätte ich in Ruhe einen längeren Dank gesprochen, doch Branna steckte frech ihren Schnabel in die Schüssel. Eilig nahm ich von dem Brei zwischen die Finger und aß. Es war köstlich, tröstend und nährend, weichgekochte Hirse, Ziegenfett und Kräuter. Ich lächelte.

»Das ist das Beste, das ich seit langer Zeit gegessen habe«, lobte ich.

Die Alte schnaubte erneut. »Dann hast wahrlich arm gelebt.«

Rodja musterte mich die ganze Zeit. Vielleicht beobachtete sie auch Branna, es ließ sich nicht so genau erkennen.

»Von wo kommst her?«, fragte Rodja.

Ich schluckte eine Mundvoll von dem klebrigen Eintopf hinunter.

»Von sehr weit her. Von einem Land, das von Wasser umgeben ist und voller grüner Wälder. Jenseits des Schmalen Meeres.«

Rodja schüttelte ungläubig den Kopf.

»Dass sowas gibt«, murmelte sie.

»Aber itzt? Der Weg zum Markt war bis vorm Dunkelmond nicht begehbar«, sagte die Alte.

Ich schwieg einen Augenblick, schob mir den letzten Bissen in den Mund. Gut war es gewesen, aber leider nicht viel.

»Vom Berg oben.«

Rodja sog die Luft ein und die Alte sah erstaunt auf, wich beinahe ein Stück zurück, den Blick auf Branna geheftet, die verärgert in der leeren Schüssel mit ihrem Schnabel herumwerkte.

»Keiner kommt vom Berg um die Zeit. Nur die Steine.«

Sie spuckte rasch zu ihrem eigenen Schutz in alle vier Himmelsrichtungen.

Ich lächelte beruhigend. »Keine Sorge. Ich bin keine Göttin und auch kein Geist, nur eine Wanderin. Eine Bardin, die sich verirrt hat.«

Rodja nahm mir die leere Schüssel ab.

»Das hätte dem Bub gefallen. Er hat's gemocht, wenn der Vater erzählt hat von den Ziegen und den Bergwesen.«

Ach, Latobio hatte seinem Sohn Geschichten erzählt? Ich musste ein Schmunzeln unterdrücken.

Mein Blick glitt bei der Türe hinaus. Es drängte mich, zu gehen. Ich sah Latobios traurige Augen vor mir und ich wollte nichts sehnlicher, als ihn hierher bringen, zu Rodja und seiner Mutter. Ein Teil von mir mochte auch nach all den Jahren des einsamen Wanderns Geschichten von Liebenden. Oder vielleicht wegen meines einsamen Wanderns. Und Rodja sah ganz so aus, als wäre sie erfreut, wenn Latobio heimkehrte.

»Ich danke euch für die Rast und das Essen, mögen die Götter euch wohlgesinnt sein.« Ich erhob mich. »Ich werde meinen Weg doch heute noch fortsetzen, es scheint zu regnen aufgehört zu haben.«

Rodja und die Alte folgten meinem Blick zur Türe, nickten.

»Ja«, sagte die Alte. »Geh, oder es findet sich einer, der dich haben will. Hast bestimmt schon bessere Orte gesehen.«

Ich nickte. Lächelte dann entschuldigend, als mir bewusst wurde, dass mein Nicken unhöflich war.

Rodja begleitete mich zur Türe, sah sich um.

»Bormo ist wohl wieder an der Arbeit …«

»Sag ihm meinen aufrichtigen Dank.«

Ich hatte das Bedürfnis, die herbe Frau zu umarmen, doch ich wandte mich nur rasch ab und eilte der Felsenge zu.

Ich hatte sie noch nicht erreicht, als ich Schritte hinter mir hörte. Im nächsten Augenblick hatte der eine der drei Männer von der Felsenge mich überholt, der Jüngste. Er musste wohl die ganze Zeit Latobios Haus beobachtet haben.

»Wohin?«

»Es hat zu regnen aufgehört und ich werde mich auf den Weg zum Markt machen«, sagte ich fest und bestimmt.

»Wird rasch dunkel«, sagte der Mann. »Kommst nicht mehr so weit, nicht mal zum Weiler.«

»Das macht nichts, ich bin es gewohnt, im Wald zu schlafen.«

Ich hörte nun weitere Schritte hinter mir. Branna auf meiner Schulter gab leise gurrende Laute von sich.

»Du wolltest uns Geschichten erzählen«, sagte der Mann.

»Ihr wolltet keine hören, hat Bormo gesagt.« Der stand nun neben mir.

»Ist es dir nicht gut genug bei uns?«

»Oh, nein, im Gegenteil. Der Eintopf deiner Frau hat mich so gestärkt, dass ich dies unbedingt nutzen will, noch ein wenig talwärts zu kommen.«

»Kommt selten eine Frau her da«, sagte der Jüngste ernst.

»Drum bleibst. Sollst erzählen.« Bormo legte mir den Arm um die Schulter. Branna peckte nach seiner Hand, sodass er zurückzuckte.

Sie schoben mich zurück in die Mitte des Dorfes.

Laut rief Bormo: »Kommt! Es gibt was zu lauschen!«

Ich überlegte, davonzulaufen. Wäre ich rasch genug? Würde man mich verfolgen? Würde das Latobios Rückkehr nicht schmälern, wenn ich mit einer Meute wütender Männer bei ihm ankam? Und ein Teil von mir hatte doch Sehnsucht, wieder zu erzählen, vor vielen Menschen Geschichten darzubringen. Auch wenn das Gefühl in meinem Bauch mich warnte.

Also zögerte ich. Ließ mich in die Dorfmitte schieben.

Die Leute näherten sich und ich sah keine Möglichkeit mehr, zu entfliehen.

Kapitel 17

Anders als erwartet

Da standen sie alle, blass und hohlwangig von einem langen Winter, und umringten die fremde Bardin. Ein Kind zeigte auf Branna, flüsterte seiner Mutter etwas zu. Ich musterte ihre Gesichter. Wie ähnlich sie sich alle sahen! Sie könnten alle Geschwister sein, alle die gleichen hellen Augen, die gleichen braunen Haare. Nun, wie sie gesagt hatten, es kam so gut wie nie jemand Fremder hierher …

Ich sah hoch. Der Regen hatte aufgehört, doch die Wolken verdeckten das schmale Stück Himmel, das zwischen den Felswänden hing. Ich müsste mich beeilen, wollte ich zu Latobio zurückkehren, ehe es Nacht wurde.

Ich lächelte, hob meine Arme.

»Menschen dieses Dorfes, seid willkommen im Namen der Götter! Ich bin Arduinna, Bardin von jenseits des Schmalen Meeres und will euch eine Geschichte erzählen, als Dank für die Rast, die ihr mir vergönnt habt.«

Die Mienen der Menschen waren regungslos. Nur der Mann, der mich an der Felsenge aufgehalten hatte, lächelte.

Ich erzählte erneut die Geschichte von dem Bauern, die ich erst vor kurzem Latobio erzählt hatte. Meine Zuhörer warfen einander Blicke zu, doch sie zeigten keinerlei Gefühle. Ich hatte den Verdacht, dass alleine der Gedanke, jemand könnte sein Dorf verlassen, um Reichtümer zu suchen, ihnen fremd war.

Ich sandte ein Gebet an Ogmios, an Tegid, selbst an Morfran, mich mit der Kraft aller Barden zu füllen. Es war meine Gabe, Menschen mit meinen Geschichten zu berühren und zu unterhalten, doch diese hier … die Felsen ringsum erwiderten meinen Klang mehr als die Mienen der Zuhörer. Hatte Latobio nicht gesagt, jeder von ihnen erzähle Geschichten?

Ich begann zu schwitzen. Obwohl ich just zu ihm nicht hatte blicken wollen, sah ich denn doch zu dem Mann von der Felsenge hin. Er hatte die Arme verschränkt, musterte mich – nicht mehr lächelnd, mehr abwägend. Ich drehte mich langsam einmal um mich selbst, während ich weitersprach. Hinter mir, in der Türe der Steinhütte, standen Rodja und ihre Mutter. Rodja lächelte, traurig, wie es mir schien. Ihre Mutter hatte den Kopf schief gelegt und hörte zumindest aufmerksam zu.

Ich verknappte die Geschichte und endete mit »und wenn es den Göttern gefällt, so schenkten sie ihnen Zufriedenheit.«

Meine Gedanken glitten im nachfolgenden Schweigen, das mich umgab, zu jener Halle im Land der Carnuten, wo ich vor Ewigkeiten vor all den Barden gesungen hatte. Oh ihr Götter, dachte ich, damals geschahen danach schlimme Dinge, lasst nun, wo meine Erzählung auf so wenig Zuneigung traf, dafür Gutes geschehen.

Ich sehnte mich erstmals seit langem nach meiner Leier, was ich nicht mehr getan hatte, seit sie in Gallien zerbrochen worden war. Dann hätte ich etwas, mich anzuhalten, etwas, auf das ich den Blick richten konnte, als müsse ich die Saiten stimmen, statt in diese leblosen Gesichter zu starren.

Jemand aus der Menge sprach endlich.

»Die Geschichte kennen wir. Nur nicht so gestelzt geredet.«

Der Mann von der Felsenge kam auf mich zu. Hinter ihm der Ältere, den sie Ater genannt hatten.

»Du magst anders reden als wir«, sagte der Ater, »aber reden ist nicht so wichtig. Keine Frau geht allein durch die Berge. Eine Frau gehört unter den Schutz von einem Mann. Das ist der Mann.«

Er deutete auf den Jüngeren. Der grinste nun. In seinem Schnurrbart hingen ein paar Schweißtropfen.

»Das ist freundlich von euch, doch ich benötige keinen Mann. Ich habe nur eine kurze Rast vonnöten gehabt, nun bin ich wieder dahin.«

»Ich lass keine Frau allein gehn. Du bleibst. Ist weit und breit kein anderes Dorf.« Der Jüngere trat unangenehm nahe an mich heran. Ich konnte seinen Geruch nach Schaf und Bier wahrnehmen.

Die Leute kamen neugierig näher. Branna auf meiner Schulter keckerte drohend.

»Wir mögen üblicherweise keine Leut von draußen. Selten nur. Aber du gefällst meinem Sohn. Bist zwar klein und dünn, aber wir haben zu wenig Frauen im Dorf«, sagte der Ater.

Ich lachte auf. »Dennoch bin ich wahrlich die Falsche für euch, glaube mir!«

»Du hast unter unserem Dach gegessen und getrunken, ein Jahr sollst dem Rudiobo sein Weib sein, dann kannst erneut entscheiden. Und er auch, falls du ihm keine Kinder schenkst.«

Worauf hatte ich mich da nur eingelassen? *Du kennst das Dorf nicht*, hatte Latobio gesagt, aber damit hatte ich wirklich nicht gerechnet. Selbst Stämme, die keine Hochachtung für Barden hatten, achteten zumindest das Recht des Gastes. Ich hatte Geschichten vom Land der Toten gehört, an das die Römer glaubten, in denen ein Bissen Nahrung einen zu ewiger Gefangenschaft verdammte, und ich hatte auch schon für ein Essen mit einer Nacht im Bett eines Mannes zahlen müssen, aber noch nie war sogleich von Ehe die Rede gewesen.

Latobio hätte mich wirklich warnen können. Er hatte mir schließlich zu essen gegeben, ohne etwas zu erwarten, woher sollte ich ahnen, dass sein Dorf das als ausreichenden Grund für eine Ehe sah?

»Was ist mit Latobios Töchtern?«, fragte ich, da plötzlich Bangigkeit in mir hochstieg. Ich hasste es, keinen Fluchtweg zu haben. Warum nur hatte ich Cú bei Latobio gelassen, niemand würde auch nur wagen, sich mir zu nähern, wäre er bei mir. Auch Branna würde mich im Notfall mit ihrem scharfen Schnabel verteidigen, aber wie sollte sie sich gegen ein ganzes Dorf wehren?

Bormo sah mich mit zusammengezogenen Augenbrauen an.

»Woher kennst du Latobios Namen?«

Mein Blick eilte zu Rodja, doch auch die sah erstaunt aus. War der Zeitpunkt gekommen, die Wahrheit zu sagen?

»Ihr habt ihn erwähnt – er, er hat ihn erwähnt. Ich habe ein gutes Gedächtnis.« Ich deutete auf den Jüngsten.

Bormo lachte. »Rudiobo, bei der musst aufpassen! Die redet dir nicht nur die Ohren ab, die merkt sich auch alles!«

Die Menschen ringsum stimmten in sein Lachen mit ein. Solche Späße machten ihnen also Freude.

Der Ater wollte mir den Arm um die Schultern legen, ließ es aber sein, als er Brannas neugierigen Blick bemerkte.

»Die älteren hat Bormo schon versprochen, aber Rudiobo wird nicht warten wollen, bis die jüngeren alt genug sind. Itzt kommst mit, es ist schon spät, wenn es finster wird, vermählen wir euch für das Jahr. Wird dir guttun, einen Mann zu haben. Da verirrst dich nicht mehr in den Bergen und verhungerst halb. Er wird dich schon auffüttern, der Rudiobo.«

Er schob mich durch die Menschenmenge hindurch zu einem größeren Haus.

»Ich bestimme wohl selbst über mich«, sagte ich und versuchte, seiner schiebenden Hand auszuweichen.

»Keine Frau da bestimmt über sich. Dazu sind wir Männer da. Du kannst den Göttern danken, dass du hergefunden hast, eh du verhungert bist am Berg.«

Sein Griff schloss sich um meinen Oberarm.

Rudiobo schritt direkt hinter mir. Die meisten ringsum blickten mit angewidertem Kopfschütteln auf mich. Gewiss nicht, weil sie auf meiner Seite standen und diese Art, eine Braut anzuwerben, ablehnten, sondern weil sie es dumm fanden, eine von außerhalb zum Weib zu nehmen.

Kapitel 18

Heimkehr

Es wurde langsam dunkel. Er hatte es nicht ausgehalten, auf sie zu warten. Der Hund hatte zwar geknurrt, war aber dann mit ihm gegangen, als er merkte, es ging seiner Herrin nach. Latobio wusste, wie weit er gehen konnte, ehe der erste Pfeifer ihn sähe.

Er hätte sie nicht alleine schicken dürfen. Das dünne Weib mochte schon viel erlebt haben, aber sie hatte gewiss keine Ahnung von einem Dorf wie seinem.

Er setzte sich unter den knorrigen Bäumen nieder, strich sich über das Kinn. Sie hatte gute Arbeit geleistet mit ihrem Messer. Er fühlte sich anders, seit der Bart und die langen Haare weg waren. Wieder mehr wie ein Mann.

Sie war weit gereist, dachte er. Sie hatte ihn gesehen, als er aussah wie Flechten auf einem Baum. Dennoch war sie bei ihm geblieben. Auch nachdem er ihr alles erzählt hatte.

Seine Hand glitt zu dem Anhänger, der wieder an seiner Brust hing. Vielleicht war er doch nicht so schlecht, wie Bormo ihn glauben ließ.

Der Hund sah ihn mit schiefgelegtem Kopf an, als erwarte er etwas von ihm.

Sie müsste längst hier vorbei sein, wenn sie vorgehabt hatte, vor Beginn der Nacht wieder bei ihm zu sein.

Er war feig gewesen, nicht mitzugehen. Es einer Frau zu überlassen, einer Fremden.

Latobio erhob sich.

Es blieb still, als er auf Höhe des ersten Pfeifers vorbeikam. Der Tag war zu weit fortgeschritten, die Kinder mit den Tieren wieder zurück im Dorf. Als er die schmale Felsenge erreichte, war es bereits dunkel. Er sah schon von weitem den Lichtschein, sie hatten am Platz mitten im Dorf ein Feuer entzündet, wie sie es taten, wenn gefeiert wurde. Er schmunzelte. Hatte die Bardin die Menschen wohl mit ihren Geschichten verzaubert, sodass sie nun ihr zu Ehren ein Fest gaben. Ungewöhnlich für seinen Stamm. Aber die Bardin war auch ungewöhnlich, dürres Ding, das sie war. Er schob den Gedanken an ihren Körper von sich. Stockte noch einmal, kurz vor der Felsenge. Sein Knie schmerzte und er musste sich schwer auf den Stock stützen. Da hinter dem schmalen Durchgang war Rodja, irgendwo unter den anderen. Da waren seine Töchter. Der Rest seines Stammes.

Er hatte den Winter überlebt. Die Götter hatten ihn hierher zurückgeschickt. So einfach war das.

Er schritt langsam auf den Dorfplatz zu. Im Schein des großen Feuers sah er die Bardin neben Rudiobo vor der Hütte dessen Vaters stehen. Der Stamm stand ihnen zugewendet, niemand beachtete ihn. Wie Mäuse, die sich um ein Stück Speck scharrten. Sein Blick suchte Rodja, doch er sah sie nicht. Es waren weniger als sonst, wenn alle versammelt waren. Wohl nicht mehr als zwei Dutzend, die Kinder nicht mitgezählt. Das Fieber musste diesen Winter schwer gewütet haben.

Der Hund an seiner Seite stürzte davon, sobald er seine Herrin entdeckte, raste zwischen den Menschen hindurch auf sie zu und sprang an ihr hoch, dass sie ins Stolpern geriet. Männer wie Frauen zuckten erschrocken zur Seite, ließen das zottelige Ungetüm durch. Die Hunde des Dorfes begannen zu knurren und zu bellen.

Nun sahen die Menschen seines Stammes auch ihn, wichen noch weiter zurück. Er entdeckte Rodja vor Bormos Haus, die Mädchen neben sich. Sie starrte ihn an, als wäre er ein Geist.

Seine Mutter stand nebenan vor seinem eigenen Haus, sank in die Knie, die Hände vor den Mund geschlagen.

Ein kleines Kind löste sich neben Rodja, stürmte auf ihn zu, so schnell seine Beine es zuließen, warf sich an ihn, wie es der Hund bei der Bardin getan hatte. Seine Jüngste, keine vier Sommer alt. Er hob sie hoch, drückte sie an sich, sog ihren Duft ein. Sie war so viel größer geworden seit dem Herbst. Ihre Arme schlangen sich um seinen Hals und es tat gut, wärmte ihn bis tief in seinen Bauch. Sie hatte ihn noch nicht vergessen, jung wie sie war.

Rodja lief nun auch auf ihn zu und unter all den erstaunten Rufen seines Stammes, dass er lebe, blieb sie ängstlich dreinsehend vor ihm stehen.

»Ich bin zurück«, sagte Latobio und die Stimme gehorchte ihm nicht völlig.

Rodja nickte. Er meinte, Tränen in ihren Augen zu sehen.

Er hörte über all dem erstaunten Gemurmel Arduinnas Stimme.

»Es war nur ein unglückseliges Missgeschick, ein Stolpern!«

Sie rief es mit einer Dringlichkeit, doch er verstand nicht, was sie meinte.

Er sah zu ihr hin, Rudiobo hatte den Arm um sie gelegt, hielt sie fest, von ihrem Hund mit aufgestelltem Fell betrachtet. Er verstand es nicht, doch er konnte sich jetzt nicht darum kümmern. Da war seine Familie, die sich nun um ihn drängte. Und da war Bormo, der sich zwischen seinen Töchtern hindurchschob, vor Latobio stehen blieb, die Arme verschränkt und breitbeinig, wie er es so gerne tat.

»Du bist tot«, stellte der Nachbar fest.

»Offensichtlich nicht«, antwortete Latobio und straffte sich.

»Bist davongelaufen, wie ein Mädchen, nur weil dein Bub umgekommen ist.« Bormo spuckte vor ihm aus. »Kannst wohl kein Blut sehen.«

Die Menschen ringsum lachten.

»So ein missliches Ungeschick, dass er auf den Krug gestolpert ist«, sagte die Mutter eindringlich. Latobio sah sie vor sich, im Herbst. Am Webstuhl war sie gestanden, als es geschah. Sie hatte es gesehen. Was redete sie da nun?

»Wenn nur du wieder da bist«, sagte Rodja. »Was bist davon, war doch Unglück genug mit dem Bub.«

Latobio sah seine Frau an. Sie wirkte immer noch ängstlich, fast misstrauisch. Ihre Mutter stand nun neben ihr, hatte sie an sich gedrückt. Er sollte Rodja an sich drücken, nicht seine Mutter. Aber er wusste ja, was sein Weib davon abhielt, ganz zu ihm zu kommen.

Er war zurückgekehrt, aber noch war nichts so, wie es sein sollte. Latobios Hand glitt über den Anhänger an seiner Brust. *HerzensTruhe*. Kurz schweifte sein Blick zu der Fremden, die immer noch von Rudiobo daran gehindert wurde, zu ihm zu kommen. Der Hund saß neben ihr, der Rabe oben am Dach von Aters Haus. Sie schüttelte den Kopf, schien ihn aufhalten zu wollen, zu reden.

Nein. *HerzensTruhe*. Dieses Wort hatte sie ihm geschenkt, so wie sie sich ihm hingegeben hatte. Ehrlich und ohne Zurückhaltung. Er wollte nicht, dass seine unbeherrschte Wut und seine Liebe zu seinem Sohn in seinem Herzen von Lügen eingeschlossen werden sollten. Er wollte beides sicher verwahren.

Er setzte die Jüngste, die sich noch immer an ihn anklammerte, auf den Boden.

Er hielt den Blick fest auf Rodja gerichtet, doch er sprach zu allen hier auf dem Platz.

»Ich habe den Jungen getötet«, sagte er laut und deutlich.

Seine Mutter schlug erneut die Hände vors Gesicht, Rodja starrte ihn an.

Einen Augenblick war nur das laute Knacken des Feuers zu hören. Dann lachte Bormo auf.

»Dann bist du gelaufen, weil du dem Stamm das Blutgeld nicht zahlen wolltest! Feig und geizig!«

Latobio ballte die Fäuste. Öffnete sie wieder. Der Berg hatte ihn verändert. Der Winter. Wie die Bardin gesagt hatte: Er würde nicht mehr schlagen. Er hatte sie nicht geschlagen, als er wegen der Ziege außer sich gewesen war. Er würde es auch jetzt nicht tun. Das war fest verschlossen in ihm. Denn es würde gar nichts helfen jetzt, egal, wie sehr er Bormo immer schon gehasst hatte.

115

Er sah Bormo in die Augen. »Nein. Ich bin gegangen, dass die anderen sicher sind vor mir. Die Mädchen. Die Frau. Vor meinen Händen. Und nun haben die Götter mich zurückgeschickt. Ich zahle dem Stamm das Blutgeld für den Toten. Und wenn es mit meiner Freiheit ist.«

Denn Freiheit gab es hier im Dorf sowieso nicht. Dafür Rodja und die Mädchen.

Der Ater war hinzugetreten, der bis dahin bei Rudiobo und der Bardin gestanden war.

Latobios Knie begannen unter dessen Blick weich zu werden. Vorm Ater hatte jeder Hochachtung. Die meisten im Dorf waren seine Söhne und Töchter, seine Brüderkinder oder Verwandte seiner Frau. Der Ater würde nun bestimmen, was mit ihm geschähe.

»Dann war's kein Unfall«, stellte der Ater fest, seine hellen Augen fest auf Latobio gerichtet.

»Ich hätte ihn nie absichtlich getötet«, antwortete Latobio.

Der Ater nickte. »Wir werden das Blutgeld entsprechend festlegen. Wo auch immer du den Winter verbracht hast, alle Hände werden hier gebraucht. Das Fieber hat uns zu viele Leben gekostet.«

Latobio nickte. Er sah erneut zu Rodja. Ihre Meinung war ihm wichtiger als die des Dorfes. Doch Bormo stellte sich vor sie, ehe er in ihrem Gesicht ihre Gedanken erkennen konnte.

»Aber dein Weib ist jetzt meins. Du warst tot. Die meine auch. Hat gut gepasst.« Er grinste.

»Das Jahr ist nicht um«, sagte Latobio bemüht ruhig. Er war dankbar, dass sie den Alten auf dem Weg begegnet waren, dass er schon Bescheid wusste. Nicht erst jetzt erfuhr, dass sein Weib bei einem anderen lag.

»Du warst tot.«

»Es gab keine Leiche. Da wartet man ein Jahr. Und ein Jahr hat das Weib auch Zeit, einen Mann wieder zu verlassen. Du kennst das Gesetz, Bormo, oder meinst, es gilt nicht für dich, weil dir dein Weib zwei Kinder zugleich geboren hat, wie eine fruchtbare Ziege? Dein Weib ist tot und die Rodja ist mein.«

Er hatte schon lange nicht so viel geredet. Er sah, wie der Zorn in Bormo hochstieg. Fast hoffte er, der Kerl würde auf ihn losgehen. Wehren würde er sich, und wie. Da würde er die Wut rauslassen, die seit jenem furchtbaren Abend im Herbst in ihm verschlossen war. Aber Bormo wich einen Schritt zurück, hob die Arme zur Seite und wandte sich lachend an alle.

»Seht ihn an, den Latobio! Halb verhungert kommt er zurück und schwingt große Reden! Meint, er kann wiederhaben, was er verlassen hat. Bringt seinen einzigen Sohn um, wer weiß, ob es denn seiner war, wo er sonst nur Weiber gezeugt hat!«

Selbst im Dunkel der Nacht sah Latobio Bormos Augen blitzen. Bormo war immer ein Anführer gewesen, einer der direkten Söhne des Aters. Er, Latobio, war nur ein Brudersohn des Aters. Er zwang seine Hand zur Ruhe. Er hatte nicht einmal ein Messer mehr, alles lag unter den Steinen am Berg vergraben. Würde er sich auf Bormo stürzen, er hätte im nächsten Augenblick dessen Klinge im Bauch. Letzten Sommer noch hätte er es trotzdem getan, im Vertrauen in seine eigene Kraft, hingegeben an seine Wut.

Alle blickten ihn an, er konnte ihre Augen auf sich fühlen wie auffordernde Stöße. Es würde ihnen gefallen, nun einen Kampf zu sehen.

»Du lenkst ab, Bormo.«

Er fühlte ungewohnten Stolz aufwallen, als Bormo beinahe verunsichert die Arme sinken ließ. Damit hatte der Kerl nicht gerechnet, dass Latobio nicht angriff. Auch die anderen nicht, denn es begann leises Gemurmel ringsum.

Latobio straffte sich erneut, warf einen Blick zu der Bardin.

»Ich, Latobio, dem die Götter gnädig waren, dass sie ihn einen eisigen Winter alleine hoch beim Gipfel überleben ließen, bin zurückgekehrt, um meinen Platz im Dorf wieder einzunehmen. Der Ater hat meine Hände willkommen geheißen. Nun werde ich mit meinem Weib und meinen Kindern wieder in mein Haus ziehen.«

»Dein Weib ist nun mein«, wiederholte Bormo und sah zu seinem Vater.

Der Ater nickte. »Rodja ist freiwillig zu Bormo gegangen, als er sie fragte. Noch nie ist einer zurückkommen, der in den Bergen verunglückt ist. Es gibt kein Gesetz dafür.«

Rodja hatte den Kopf gesenkt.

Da trat die Bardin zu Latobio, Rudiobo hinter ihr, den der Hund leise anknurrte, sodass er Abstand hielt.

»Verzeiht, wenn ich mich einmische, doch ich bin weit gereist und habe die Gesetze vieler Stämme kennengelernt.« Die Menge ringsum murmelte befremdet über ihre Einmischung. Arduinna ließ sich nicht stören davon. Sie sah dem Ater ins Gesicht, mit einer Geradheit, wie es nur wenige im Dorf wagten.

»Soweit ich weiß, darf ein Mann in deinem Stamm mehr als ein Weib besitzen, wenn er es ernähren kann. Warum soll nicht auch ein Weib mehr als einem Mann gehören, für die Dauer, bis das Jahr der Prüfung um ist? Dann mag Rodja am Ende entscheiden, welcher der beiden der bessere Mann ist, sie besser versorgt mit allem, was ein Weib für wichtig hält.«

Latobio sah, wie manche der Frauen ringsum den Kopf hoben und einander mit einem erstaunten Lächeln ansahen.

Noch ehe der Ater etwas sagen konnte, fuhr Bormo dazwischen, vor Entrüstung bebend.

»Ich teil doch mein Weib nicht mit einem anderen! Wer soll dann wissen, wessen Kind sie trägt?«

Arduinna lächelte. »Nun, soweit ich höre, bist du ja sehr fruchtbar und es wären dann wohl gleich zwei, die du in sie säst, während es von Latobio wohl ein Mädchen wäre. In beiden Fällen hätte das Dorf gewonnen.«

Bormo beachtete sie nicht.

»Ater, keiner hier teilt sein Weib, hör nicht auf den Unsinn, den eine Fremde sagt.«

Der Ater nickte, sah dann zu Latobio. »Würdest du deiner Frau den Rest des Jahres Bormo als Zweitmann zugestehen?«

Latobio schluckte. Er wollte Rodja für sich. Doch er war mit der Bardin gelegen, wie Mann und Weib, er konnte Rodja wohl keinen Vorwurf machen. Nun, er konnte schon, es galt anderes Recht für Männer. Aber wollte nicht. Er wollte Rodja und seine Kinder, sein altes Leben zurück. Er sah zu seiner Frau hin, sie nickte ganz leicht, kaum merklich. Er kannte sie. Sie tat immer alles dafür, dass Frieden herrschte.

»Ja«, sagte Latobio mit zusammengepressten Zähnen.

Das war wohl die Strafe der Götter für ihn, dass er weggegangen war. Nun musste er ertragen, dass sie bei Bormo lag. Vielleicht sogar an dem mehr Gefallen fand als an ihm. Das war schwerer zu tragen als das Blutgeld, egal, wie hoch das angesetzt werden würde.

Arduinna meinte schmunzelnd:»Da sieht man, wer sich seiner Manneskraft sicherer ist. Latobio weiß wohl, dass er einer Frau mehr zu bieten hat als Bormo …«

Die Menschen ringsum lachten. Es fühlte sich gut an, dass der Stamm einmal über Bormo lachte. Es würde den Nachbarn nur noch gehässiger gegenüber Latobio machen, doch das war ihm im Augenblick gleich.

Der Ater hob die Arme.

»So sei es. Latobio ist zurückgekehrt. Bormo hat Rodja zum Weib genommen und noch ist das Jahr nicht um, das beiden zur Probe zusteht. Rodja gehört nun beiden, bis das Jahr verstrichen ist. Dann werden wir sehen.«

»So sei es«, riefen die meisten aus dem Stamm zur Bekräftigung. Rodja drängte sich an Latobio, schlang ihm endlich die Arme um den Hals, um ihn wieder als ihren Mann zu begrüßen. Sie war warm und weich und passte genau an seinen Körper. Sie war sein Weib. Er hatte sie vermisst, unendlich vermisst.

»Du hättest ihm nie absichtlich etwas getan, das wusste ich immer …«, sagte sie leise. »Wenn nur du wieder da bist …«

Bormo versuchte, sie an der Schulter zu packen, was Latobio dadurch zu verhindern wusste, dass er sich ein wenig mit Rodja wegdrehte. Er fühlte sich stark und siegreich, wie wenn sie Bäume fällten.

»Du hattest sie den Winter über, nun ist es an mir, sie diese Nacht meiner Rückkehr zu haben«, sagte Latobio ruhig. »Dann mögen wir uns Nacht für Nacht abwechseln.«

Bormo spuckte ihm zu Füßen, wollte nun Rudiobo zur Seite ziehen, um den engen Kreis an Menschen, der sich um sie gebildet hatte, zu verlassen. Doch Rudiobo, sonst so williger Freund, wehrte sich.

»Genug nun mit euch vertan, Rückkehr oder nicht, meine Hochzeit steht immer noch an.«

Hochzeit? Das Wort riss Latobio aus seiner Freude, seine Frau wieder im Arm zu halten.

Arduinna sah ihn eindringlich an.

Oh. Da waren sie schnell gewesen im Dorf.

»Wen nimmst du zum Weib, Rudiobo?«, fragte er, als ahne er es nicht.

»Die Fremde, die heut herkam.«

Er klang stolz, aber auch unsicher.

Der Ater sah von Arduinna zu Latobio. Bis soeben hatte wohl niemand den Zufall bemerkt, dass beide heute im Dorf aufgetaucht waren.

Er wusste nicht, was er tun sollte. Kurz dachte er, er könnte Anspruch auf sie bekunden, als sein Weib. Sie hatte mit ihm gelegen. Sie hatte ihn hergebracht. Sie würde es verdienen, dass er dazu stand. Aber dann hätte er ein Weib und Rodja würde dem Bormo zugesprochen werden.

»Hat sie dir von dem Fluch erzählt?«, sagte er.

Rudiobo sah von ihm zu ihr. »Du kennst sie?«

Arduinna lächelte. »Ja, Latobio hat mir in den Bergen das Leben gerettet.«

»Oh. Ist sie etwa dein Weib? Dann brauchst du Rodja ja nicht«, fuhr Bormo dazwischen, der immer schon schnell war im Denken.

Latobio sah Arduinna in die Augen. Sie hatte ihn dem Leben wiedergegeben. Es wäre nur gerecht, sie zu seinem Weib zu nehmen und Rodja bei Bormo zu lassen, da sein Weib ja freiwillig zu ihm gegangen war und ihn als Zweitmann angenommen hatte.

»Nein, sie ist nicht mein Weib. Hat sie dir also nicht von dem Fluch erzählt?«

Rudiobo runzelte die Augenbrauen.

Die anderen ringsum wirkten unsicher, ob sie neugierig näher kommen sollten oder besser sicherheitshalber zurückwichen.

»Jeder Mann, der sie anrührt, verliert seine Manneskraft«, sagte Latobio ruhig, den Blick nicht von der Bardin wendend. Er sah das Grinsen, das sie unterdrückte, das kaum merkbare dankende Nicken.

Rudiobo wich nun zurück, stieß Arduinna von sich. Der Hund knurrte gefährlich.

»Sowas verschweigt man nicht!«

»Wie hätte ich sonst je eine Aussicht auf einen Ehemann?«, sagte Arduinna mit unschuldigem Augenaufschlag.

Kapitel 19

Abschied

Wir verbrachten die halbe Nacht noch wach in Latobios Hütte. Rodja und die Mädchen hatten Felle und Decken aus Bormos Haus wieder herübergetragen, und nachdem meine Vermählung mit Rudiobo eilends abgebrochen worden war, saßen wir hier um die Feuerstelle und Latobio erzählte scheu und stockend seiner Familie, was geschehen war.

Es würde noch dauern, bis alles wieder wie früher war, das konnte ich spüren. Doch ich war sicher, dass Rodja sich nach Ablauf der Frist für Latobio entscheiden würde. Sie liebte ihren Mann, eben weil er anders war als der Rest des Dorfes. Ich hatte gar das Gefühl, dass selbst sein langes Weggehen, seine Flucht aus dem Dorf, für sie kein Ärgernis war, sondern ein Zeichen dafür, dass Latobio eben ein Herz besaß. Und außerdem – man tut, was man tun muss, das hatten sowohl sie als auch Latobios Mutter gesagt.

Bormo hatte ihr verweigert, Essen hinüberzubringen und so saßen wir nur bei Wasser aus der Quelle.

Ich betrachtete im Schein des Feuers diese Menschen, die ihr Leben hier in der Harschheit der Berge verbrachten. Sie waren hart wie der Fels und doch sprudelte in ihnen eine Quelle des Lebens und der Liebe wie ein Bächlein im Frühling.

Noch ehe wir Platz genommen hatten, nachdem Latobio mit Entsetzen die Leere seines Hauses gesehen hatte, war er niedergekniet und hatte seine zerschlissene Camisia ausgezogen. Er hatte mir seine Hand entgegengestreckt. »Dein Messer, für einen Augenblick.«

Mit meiner Klinge ritzte er im Beisein seiner ganzen Familie seinen Arm und ließ von seinem Blut auf den wollenen Stoff tropfen. Er reichte mir das Messer zurück und hob den blutigen Stoff in die Höhe, reckte ihn allen vier Himmelsrichtungen, der Erde und dem Himmel entgegen.

»Caturix, Gott meines Stammes, Beschützer meiner Familie, ich habe nicht viel, das ich opfern kann. Mich und mein Blut, für das Blut meines Sohnes, das er hier vergossen hat. Beinahe nackt kehre ich heim und danke, dass ich am Leben bin, dass du meine Familie beschützt hast. Nimm mein Blut als Opfer.«

Er wollte den Stoff schon in die Flammen legen, da hielt Rodja ihn auf. Mit ihrem eigenen Messer schnitt sie das Ende ihres langen Zopfes ab, legte es auf das blutige Bündel. Sie reichte das Messer an ihre älteste Tochter, die tat wie die Mutter. Schweigend schnitten alle der Mädchen und die alte Mutter sich ein Stück ihrer Haare ab, um es den Göttern als Dankopfer darzubringen. Ich stand abseits und das schlichte Ritual berührte mich tief. Ich trat auf Latobio zu und legte ihm die Stoffstreifen, mit denen ich seine Hände verbunden hatte, auf das Bündel. Er nickte.

Es stank erbärmlich nach versengten Haaren, als wir das Opfer den Flammen übergaben.

Wir fanden erst spät zur Ruhe.

Noch nie hatte ich den Hirten so viel reden hören. Kurze Sätze nur, mit langen Pausen, die seiner Familie wohl genauso viel erzählten wie seine Worte.

Die Mädchen schliefen der Reihe nach ein, gemeinsam auf eines der Felle gekuschelt, und auch die alte Mutter legte sich zu ihnen.

Morgen würden sie ihren Hausrat wieder hierher bringen und das Leben würde seinen Lauf nehmen – anders als davor. Aber auch die Jahreszeiten änderten sich, warum nicht auch das Leben?

Ich breitete meinen Umhang in der Nähe des Eingangs aus, ich war es nicht mehr gewohnt, in einem Haus zu nächtigen und wollte gerne einen Fluchtweg in meiner Nähe wissen. Cú und Branna hatten längst einen Platz gefunden, um zu schlafen. Latobio und Rodja zogen sich mit ihren Fellen in das hinterste Eck der Hütte zurück.

Ich konnte nicht verhindern, dass Bilder meiner eigenen Vereinigung mit Latobio vor meinen Augen erschienen und meine Sehnsucht nach Loïc weckten. Es musste schön sein, einen Menschen zu haben, dem man angehörte, der einen selbst nach dem Tod des eigenen Sohnes wieder in die Arme schloss, ausgemergelt und verändert, wie Latobio war.

Ich sehnte die Stimme in meinen Träumen herbei, doch in jener Nacht wollte sie nicht kommen.

Am nächsten Morgen stand Bormo vor der Türe. Er sah unausgeschlafen aus.

»Auf ein Weib, das einem wie dir beiliegt, kann ich verzichten«, sagte er nur. »Rodja soll ihr Zeug holen. Dafür will ich die Älteste zum Weib und wir reden nicht mehr darüber.«

Latobio, nur in seinen Braccae und in eine Decke gehüllt, sah Rodja an, dann seine älteste Tochter, die vor dem Feuer kniete und Holz nachlegte.

Das Mädchen nickte. Vielleicht war Bormo ja besser als der Mann, dem er sie bereits versprochen hatte, dachte ich, als ich beinahe Erleichterung im Gesicht des Mädchens zu erkennen meinte.

Rodja nickte auch und band sich rasch ihr Tuch um den Kopf, eilte hinaus, ihre Sachen holen.

Die Tochter umarmte den Vater und ging mit Bormo.

Ich empfand Mitleid mit ihr, auch wenn sie weiterhin ihrer Familie nahe sein würde. Ich fragte mich, was besser war — wenn das Herz einem Mann gehörte, von dem das Schicksal einen fern hielt, oder einem Mann mit Leib und Leben gehören, den man nicht liebte. Nun, viele hatten sich mit solch einem Leben zurechtgefunden. Mir war nicht einmal das beschieden.

Wenig später verließ ich das Dorf. Der Ater hatte mir schweigend ein kleines Bündel mit Vorräten gegeben.

Latobio hatte mich zur Felsenge gebracht.

»Mehr als meinen Dank hab ich nicht«, sagte er.

»Du hast mir eine Geschichte gegeben«, sagte ich. »Die Geschichte des Mannes, der den Berg und den Winter besiegte und sich selbst.«

»Möge deine Geschichte auch zu einem guten Ende finden«, sagte er.

»Davon ist sie wohl noch weit entfernt.«

Er nickte nur und kraulte Cú zum Abschied.

Ich verbrachte die erste Nacht an der Stelle, an der ich die letzte Nacht mit Latobio geschlafen hatte. Noch ehe der Sonnengott erwachte, tanzte ich mich in den Morgen.

Und mein erster Blick fiel talwärts.

Von den Göttern gesegnet, von ihrem Maistir
verflucht, war sie gezwungen,
alles für ihre Liebe zu opfern ...

Lust auf mehr von Arduinna, der Wortflechterin?

Bücher in der Welt der Wortflechterin:

Auf allen Buchplattformen als Taschenbuch und Ebook erhältlich.

Besuche mich auf www.marionwiesler.at um mehr über die Wortflechterin zu erfahren und in meinen Blogbeiträgen Interessantes über die Kelten.

Tauch ein in die Welt der Kelten
und fühle den Herzschlag jener Zeit in dir!

HINTERGRÜNDE ZUR SERIE

Die historische Romanserie *Die Wortflechterin* spielt zum größten Teil im Jahre 38 v. Chr. in Noricum, was in etwa dem heutigen Österreich (vor allem Kärnten und Steiermark) entspricht.

Es ist dies eine Zeit, als ganz Gallien bereits seit einem Dutzend Jahren von den Römern beherrscht wurde, während Noricum noch mehr als zwanzig Jahre der Freiheit vor sich hatte – wenngleich auch dort die Römer über ihre Handelsbeziehungen bereits Fuß fassten.

Es ist dies auch eine Zeit, über die es wenig faktisches Wissen gibt. Dennoch empfinde ich es bei allen Mühen der Recherche als eine sehr spannende Zeit, da sich hier zwei Kulturen gegenüberstehen, von denen nur eine überleben wird (zumindest noch ein paar Jahrhunderte lang). Der Kontrast aus dem besetzten Gallien, in dem – wie leider so oft in solchen Fällen – die geistige Elite verfolgt und unterdrückt wird, und dem noch freien Noricum, in dem eben diese geistige Elite noch verehrt wird, bot einen spannenden Rahmen für die Serie.

Mit der Bardin Arduinna und ihren beiden Begleitern wandern wir zu den verschiedensten Orten und erleben so auch die unterschiedlichen Gebräuche verschiedener Stämme. In *Das Dorf des Einsiedlers* befinden wir uns in den Bergen Helvetiens, der heutigen Schweiz, ehe Arduinna weiter nach Osten wandert, wo sie im Sommer des Jahres dann mit Band eins der Serie in Noricum auftaucht. Die Strecke wäre gewiss rascher zu bewältigen, würden die Götter sie nicht immer im Zickzack und in Kreisen wandern lassen ...

Für manche mag es nach Fantasy klingen, dass sie unter einem Gebot, einem Fluch steht, doch waren Flüche und Gebote in jener Zeit etwas sehr Reales (und sind es heute in manchen Kulturen auch noch). Viele Herrscher und Helden mussten sich an göttliche Gebote halten, oft ihre Essensgewohnheiten betreffend, aber es gab auch Gebote, nie in einem Haus zu schlafen, dessen Licht auf die Straße scheint oder – mein liebstes, weil so skurril – das eines irischen Herrschers, der nur regieren durfte, wenn sein Fuß auf der Spalte eines Weibes ruhte ...

Und hinter allem, was Arduinna ihres Gebotes wegen erduldet und erlebt, steht (natürlich?) eine große Liebesgeschichte, denn was wäre das Leben ohne die Liebe ...

Die Geschichten, die Arduinna in den Büchern immer wieder erzählt, entstammen teilweise alten Legenden und Volksmärchen jener Gebiete, in denen sich das Keltentum über die römische Eroberung hinweg lange gehalten hat (dem sogenannten Celtic Fringe: Irland, Wales und Bretagne), aber sind auch inspiriert von alten österreichischen Sagen, die sehr viel Keltisches (oder Heidnisches) enthalten, wenn man den christlichen Anstrich entfernt.

Zusätzlich zur Hauptserie gibt es unabhängige Nebenbände, so wie den Kurzband *Das Dorf des Einsiedlers*, die Einblicke in Figuren der Serie geben (Latobio hat einen kurzen Gastauftritt in Band 6, während die Hauptfiguren der Romane *Der Bogen des Smertrios* und *Der Krieger der Druiden* sogar in jeweils zwei Bänden wieder auftauchen). Arduinnas Welt, die Welt der Kelten, ist so vielfältg, dass sich noch viele Geschichten anbieten. Und die Kelten in meinen Augen eine so faszinierende Kultur, dass ich hoffe, dass sich auch viele Kolleg*innen dieser spannenden Epoche im Schreiben annehmen.

Ich hoffe, die Bücher bereiten euch beim Lesen so viel Vergnügen, wie mir beim Schreiben!
Eure
Marion Wiesler

GLOSSAR

Beltane:	Eines der großen Feste der Kelten zu Frühlingsbeginn, wird traditionell nach wie vor in der Nacht von 31. April auf 1. Mai gefeiert.
Braccae:	Beinkleider, Hosen.
Camisia:	Ein Hemd, einer Tunika ähnlich. Von ärmellos bis langärmelig, für Frauen lang als Kleid.
Cynnedyf:	Ein alt-walisisches Wort für ein Gebot, wie es sich in vielen Heldensagen findet. Im alten Irland ist es als *geis* bekannt, so durfte zum Beispiel der große irische Held Cú Chulainn kein Hundefleisch essen aber auch kein ihm angebotenes Essen ablehnen.
Elhorn:	Altes Wort für Holunder.
Fibel:	Im Prinzip eine größere, kunstvollere Sicherheitsnadel, die man zum Verschließen von Gewand nutzte. Knöpfe waren nicht bekannt.
Munggen:	Altes Wort der Schweizer für Murmeltier.
Peplos:	Überkleid, bestehend aus einem Stoffschlauch oder zwei Stoffbahnen, die mit Fibeln an der Schulter zusammengehalten werden.
Reix:	Lange Zeit sprach man von keltischen Herrschern als »Fürsten«. Reix (oder Rix) bedeutet »König« und wurde von den Kelten verwendet.
Rigana:	Die weibliche Form zu Reix.
Samhain:	Ein weiteres Jahresfest zu Ende der hellen Zeit, das heute noch traditionell in der Nacht von 31. Oktober auf 1. November gefeiert wird.
Wallwurz:	Ein altes Wort für Beinwell.

Marion Wiesler

Seit 2007 lebt Marion Wiesler mitten in Norikum am Fuße des Kulm bei Weiz, der bereits in der Jungsteinzeit besiedelt war. Die Kelten haben sie aber schon seit ihrer Jugend fasziniert. Eine Zeitreise wäre ihr großer Traum – zumindest für ein Wochenende.

Neben dem Schreiben von Romanen arbeitet sie als Erzählerin. Auch hier mit einer Vorliebe für keltische Geschichten.

Informationen zu ihren Büchern und Erzählveranstaltungen auf www.marionwiesler.at